grafit

Chemnitzer Str. 31, D-44139 Dortmund
Internet: http://www.grafit.de
E-Mail: info@grafit.de

Umschlagillustration: Peter Bucker
Druck und Bindearbeiten: Clausen & Bosse, Leck
ISBN 3-89425-287-1
2. 3. 4. 5. / 2006 2005 2004

Werner Schmitz

Schreiber und der Wolf

Kriminalroman

grafit

Der Autor

Werner Schmitz, Jahrgang 1948, Sohn einer Arbeiterfamilie aus Bochum, arbeitete fünfzehn Jahre als Beamter seiner Heimatstadt. Der Radikalenerlass und die Langeweile im Tiefbauamt zwangen den jungen Oberinspektor, das Rathaus zu verlassen. Danach begann Schmitz mit dem Schreiben von Kurzgeschichten. Es folgten journalistische Lehrjahre beim Ruhrgebietsmagazin *Marabo.*

In den achtziger Jahren veröffentlichte Werner Schmitz drei Kriminalromane: *Nahtlos braun*, *Dienst nach Vorschuß* und *Auf Teufel komm raus*, »einen der besten Krimis, die in den letzten Jahren in deutscher Sprache geschrieben wurden« (FAZ-Magazin).

Seit 1989 arbeitet Schmitz als Reporter für ein Hamburger Magazin. Ein Themenschwerpunkt seiner Arbeit: Kriminalität. 1994 wurde seine Geschichte über den gewaltsamen Tod eines alten Juden für den Egon-Erwin-Kisch-Preis nominiert. Im selben Jahr erschien der Sammelband *Mord in Echt* mit ausgewählten Reportagen des Autors.

Für einen Bericht über Deutschlands Weidmänner legte Schmitz selbst die Jägerprüfung ab. Seitdem beschäftigt er sich immer wieder mit Jagd und Tieren.

Across the Borderline

There's a place where I've been told
Every street is paved with gold
And it's just across the borderline.
And when it's time to take your turn
Here's a lesson that you must learn
You can lose more than you ever hope to find.

Refrain:
When you reach the broken promised land
Every dream slips through your hand
You'll know it's too late to change your mind.
'Cause you've paid the price to come so far
Just to wind up where you are
And you're still just across the borderline.

Up and down the Rio Grande
A thousand footprints in the sand
Reveal the secret no one can define.
The river flows on like a breath
In between our life and death.
Who's the next to cross the borderline?
(Refrain)
Hope remains when pride is gone
And it keeps you moving on
Calling you across the borderline
And you're still just across the borderline.

Ry Cooder, Jim Dickinson, John Hiatt

1

Dafür ist er nun so weit gelaufen. Durch Sümpfe gewatet und um Dörfer geschlichen. Über Eis geschlittert und durch Dornen gekrochen. Zwanzig Tage und hundert Kilometer von zu Hause entfernt krümmt er sich, wimmert vor Schmerz. Sein Bein brennt wie Feuer. Mit Speichel streicht er den blutigen Klumpen ein, der einmal seine Wade war. Bevor das große Krachen über ihn kam und aus dem Krachen die Kugel, die seinen Unterschenkel traf. Er hatte den Hochsitz einfach nicht bemerkt. Als der Gewehrlauf in der Luke aufgetaucht war, hatte er es nicht mehr geschafft, aus dem Schussfeld zu verschwinden.

Ins Erlenbruch ist er nach dem Schuss gehumpelt, so schnell es das zerschossene Bein zuließ. Auf einer halbwegs trockenen Stelle mitten im Morast hockt er nun. Durst. In seiner Not schleckt er den Grieselschnee, der sich unter den Bäumen gehalten hat. Zum Entwässerungsgraben am Waldrand traut er sich nicht.

Als er klein war, hat er oft Durst gehabt, im Kiefernwald auf der anderen Seite des großen Flusses, wo er mit Eltern und Geschwistern lebte. Wenig Regen fällt da im Sommer und das Wenige versickert schnell im Sand. Es war eine schöne Zeit, die Kindheit unter den Kiefern. Vater, Mutter und der Onkel, der zur Familie gehörte, brachten eine Menge Essen mit nach Hause. Wilddiebe waren die Alten, machten den Jägern Hirsche und Wildschweine streitig. Richtig pummelig wurden seine Geschwister und er von dem vielen Fleisch. Eine Rasselbande, der es beim Spielen nicht toll genug zugehen konnte. Ärger machte eigentlich nur sein großer Bruder, weil er die Kleinen ständig kniff und quälte. Als sie heranwuchsen, eskalierte der Streit mit dem Älteren. Sie gifteten sich an, bei jeder Gelegenheit setzte es Prügel.

Gegen den Schmerz, den er jetzt unter den Erlen empfindet, waren die Schläge seines verhassten Bruders die reinsten Streicheleinheiten. Er versucht, wieder auf die Füße zu kommen. Belastet das zerschossene Bein nicht, als er aufsteht. In der Ferne hört er Stimmen. Menschen, die näher kommen. Die Leute, die auf ihn geschossen haben? Vorsichtig verlagert er etwas Gewicht auf das kranke Bein – und sackt vor Schmerz zusammen. Er muss bleiben. Vielleicht finden sie ihn nicht, hier im Bruch, in das er geflohen ist. Gelaufen ist er lange genug.

Weggelaufen. Weil er zu Hause keine Zukunft für sich sah. Keine Möglichkeit, eine eigene Familie zu gründen und zu ernähren. Sein großer Bruder würde die Geschäfte der Familie weiterführen. Und heimatlose Wilderer wie ihn gab es eine Menge in Polen. Etwas anderes hatte er nicht gelernt. Also ist er fortgelaufen. Nach Westen, wo alles einfacher sein soll. Auf der alten Fernroute, die schon seine Vorfahren benutzten, wenn sie Verwandte besuchen wollten. Damals, als der große Fluss noch keine Grenze war.

An der Oder angekommen, traf er auf eine Gruppe, die die Gegend am Ostufer unsicher machte. Auf Viehdiebstahl hatte sich die Bande verlegt, stahl den Bauern Hühner und Gänse, raubte Schafe im großen Stil. Ab und an erbeuteten sie sogar eine Kuh. Obwohl nur zu siebt, ließen sie den jungen Herumtreiber nicht mitmachen. Nicht mal was zu essen gaben sie ihm ab. Notgedrungen zog er weiter. Es war kalt geworden. Der Fluss zugefroren. Nachts ging er über die Grenze. An einer Stelle, wo keine Leute wohnen. Vorsichtig tastete er über das Eis. Bereit, bei jedem Knacken zurückzuspringen. Am anderen Ufer schlug er sich sofort in die Büsche.

Wie im Paradies kam er sich anfangs vor. Immer satt zu essen. Jeden Tag Fleisch. Sachen, nach denen sich die Menschen in seiner Heimat die Finger geleckt hätten, fand er hier im Müll.

So war es bis gestern. Heute ist alles anders. Heute liegt er mit zerschossenem Bein im Wald. Fremd klingende Stimmen hört er im Hochwald. Menschen mit ihren Hunden. Mühsam wuchtet er sich hoch. Beißt die Zähne zusammen und hinkt los. Zum Entwässerungsgraben schleppt er sich, rutscht die Böschung hinunter und platscht ins Wasser. Er schluckt die kalte Brühe, schafft es mit Mühe ans andere Ufer. Muss sich hinsetzen, bevor er den Hang erklimmt, und danach auch wieder. Auf einer Wiese hockt er nun, weithin sichtbar, eine lebende Zielscheibe.

Das Bein schmerzt schlimmer denn je. Er läuft trotzdem ein paar Schritte am Graben entlang. Setzt sich wieder. Die Hunde kommen näher. Er muss hier weg. Runter von der Wiese. Ein letztes Mal rappelt er sich auf, will weiter. Kommt er aber nicht. Das Krachen ist wieder in der Luft. Die Kugel prallt auf seinen Körper, pilzt sich auf zwischen den Rippen, jagt sein Blut in Druckwellen durch die Adern, schockt ihn tot, noch ehe sie, ein großes Loch reißend, den Brustkorb wieder verlässt.

Knapp hundert Meter vor einem Hochsitz endet der weite Weg des polnischen Wolfes, der in Deutschland leben wollte.

2

Das Ritual, das sie beim *Magazin* Themenkonferenz nannten, war im vollen Gange, als Hannes Schreiber in den Saal schlich. Er hatte noch mit dem Hund zum Tierarzt gemusst. Durchfall. Das Vieh fraß beim Spaziergang an der Alster jeden Mist und schiss Schreiber anschließend ins Büro. Die Putzfrauen hatten sich schon beschwert.

So unauffällig, wie das mit seinen ein Meter neunzig ging, schob sich Schreiber durch die hinteren Reihen, bis er einen freien Stuhl fand, irgendwo an der Wand zwischen Möller-Sport und Kultur-Krause. Über fünfzig Jahre hatte der Reporter inzwischen auf dem Buckel. Seit fünfzehn Jahren arbeitete Schreiber beim *Magazin*. Aber an das morgendliche Schaulaufen der Meister würde er sich nie gewöhnen. Er ging nur hin, wenn er eine Geschichte vorschlagen wollte, an der ihm viel lag.

Vorne, am runden Tisch, den Chefredakteur und Ressortleiter umhockten, ging es mal wieder um den Gerd. Der Gerd war gerade Bundeskanzler und außerdem, fast wichtiger, alter Spezi des *Magazin*-Politikchefs. »Ich ruf den Gerd gleich nach der Konferenz mal auf Handy an«, sagte der leichthin.

»Ist der Gerd nicht gerade in New York?« Der Auslandschef witterte seine Chance. »Wir sind da nämlich an ihm dran. Soviel ich weiß, will Struckmann, der Neue aus unserm Washingtoner Büro, heute Abend mit dem Kanzler im *Daniel* essen.«

»Der Gerd fliegt heute Mittag zurück nach Berlin und trifft sich abends mit mir auf einen Absacker in der *Paris Bar*.«

»Struckmann hat aber für heute Abend einen Tisch im *Daniel* an der Upper East Side bestellt.«

Eigentlich ging es darum, den Gerd zu fragen, womit er sich seine Schläfen kolorierte, Wella oder Schwarzkopf. Stefan Barthelmus, der Chefredakteur des *Magazins*, wollte mit diesem Detail ein bisschen Farbe in sein nächstes Editorial bringen. Die Herren der in- und auswärtigen Politik hatten das vor lauter Futterneid aus dem Auge verloren. Eine Riesengelegenheit für Britta von der Society, ins Geschäft zu kommen. »Ich ruf die Doris gleich mal in Hannover an. Die muss doch wissen, womit sich ihr Alter die Koteletten färbt.«

»Aber die Doris ist doch mit dem Gerd in New York.«

»War in New York. Heute Abend ist sie mit dem Gerd und mir in Berlin.«

»Wurscht wo! Morgen früh will ich wissen, womit der tönt«, tönte Barthelmus.

Der politische Teil der Konferenz war damit durch. Die Redaktion wandte sich den bunten Seiten des Lebens zu.

»Ich bin heute seit langem mal wieder mit dem Omnibus gekommen«, begann Barthelmus das Palaver. »Ich war der einzige Deutsche im Bus.«

Hinten im Raum verdrehten einige die Augen. Barthelmus hatte seinen Siegeszug durch die deutsche Presselandschaft als Polizeireporter in Eckernförde begonnen. *Blaulicht-Barthelmus* nannten ihn die alten Cracks in der Redaktion mehr oder weniger offen. Leute, die ihn noch duzen durften, obwohl er inzwischen fünfmal mehr verdiente als sie.

»Die Ausländer im Bus waren alle Schläfer«, warf einer der Alten ein.

Barthelmus lachte mit. Aber nur kurz. »Maximal Beischläfer«, konterte er und hatte die Lacher wieder auf seiner Seite.

Auf Fremde wirkte Barthelmus, als könne ihm nichts und niemand etwas anhaben. Als sei er schon als Chefredakteur auf die Welt gekommen. Als habe er in seiner oralen Phase ein Megafon verschluckt, um später jede Konferenz ohne Mikro dominieren zu können. Er sah immer noch aus wie ein großer Junge, faltenlos, mit listigen Braunaugen und gleichmäßigen Zähnen, die er beim Lachen strahlen ließ, besonders über eigene Witze.

Nur die abgekauten Fingernägel verrieten, dass Barthelmus unter Druck stand. Seit drei Jahren mimte er den Chefredakteur. Die durchschnittliche Halbwertszeit seiner Vorgänger war damit deutlich überschritten. Und die Auflage sank. Langsam, aber stetig.

Die Nachrichtenlage an diesem Morgen war nicht schlecht. In Bonn hatte der schwarze Lover einer blonden Professorengattin die Kehle durchgeschnitten. Die Zeitung, die Barthelmus täglich studierte, fantasierte freihändig von *Voodoo-Mord am Venusberg*. Das gefiel den einstigen Polizeireporter.

»Ist der Schreiber hier?«, brüllte er in die Runde. »Der hat eh nichts zu tun und kennt sich da unten aus. Ist doch deine alte Heimat, Hannes!«

Schreiber rutschte tief in seinen Sitz. Er kam aus Bochum und nicht aus Bonn. Durch solche Haarspaltereien ließ sich Barthelmus in der Regel nicht irritieren. »Da unten« war für einen hanseatischen Chefredakteur alles Land südlich der Elbe, von Buxtehude bis Berchtesgaden.

Schreiber wusste, dass er nur eine Chance hatte, der schwarz-weißen Tragödie vom Rhein zu entgehen: die Geschichte, wegen der er gekommen war, sofort vorschlagen und gnadenlos hochjazzen. Und das tat er auch. »Von wegen nix zu tun«, blaffte er. Wer Barthelmus' Grobheiten klaglos hinnahm, war verloren. »Was meinst du, warum ich erst so spät gekommen bin. Ich hab mir vor der Konferenz ein Ohr abtelefoniert wegen der Geschichte hier.«

Der Lange wedelte mit einer Agenturmeldung vor seinem Gesicht herum, als wollte er Schmeißfliegen erschlagen. Aus leidvoller Erfahrung wusste Schreiber, dass Nachrichten, die noch nicht in den Agenturen gelaufen waren, beim *Magazin* nichts galten. Barthelmus liebte Exklusivgeschichten, aber wer eine vorschlagen wollte, bewaffnete sich besser mit feindlichen Fundstellen.

»Die Agenturen haben gestern gemeldet, dass an der Oder der erste deutsche Wolf erschossen worden ist. Der Bursche hat aus Polen rübergemacht und hier wohl eine Weile gelebt. Man weiß nicht, ob es schon ein kleines Rudel auf dieser Seite vom Fluss gab. Falls ja, dann haben die jetzt Probleme. Ein Jäger hat dem Rüden vor den Kopf geschossen. Fraglich, ob die Wölfin ihre Welpen allein durchbekommt. Der Schütze war übrigens nicht irgendein Hubertus Strammsack aus Finsterwalde. Der Weidmann heißt Lewin von Vitzewitz.«

Schreiber wartete, bis die Heiterkeit abebbte. »Wem der Name nix sagt: alter preußischer Adel. Kommt schon bei Fontane vor. Ostelbische Junker aus dem Bilderbuch. Der aktuelle Vitzewitz ist nach der Wende aus Süddeutschland auf die Güter der Ahnen zurückgekehrt. Macht auf Landwirt und wohnt im Familienschloss. Seine Frau ist die Tochter eines Münchner Schönheitschirurgen. Professor Künzelbach. Der Name sagt dir vielleicht was, Britta.«

Britta war von der *Bunten* zum *Magazin* gekommen und kannte den bayerischen Damenschneider natürlich. »Charles Künzelbach, Prominenten-Lifter aus Grünwald. Ich sage nur: Uschi Schätzchen.«

Damit war Schreibers Geschichte so gut wie gebongt. Er wusste zwar nicht, wie er Uschi Schätzchen in eine Abhandlung über Wölfe an der Oder einmassieren sollte, aber das Problem würde sich von selbst erledigen. Wenn der fertige Text vorlag, trieben sie längst eine neue Sau durchs Dorf und kein Schwein dächte mehr an Uschis Falten.

Nur Meichelbeck von der Umwelt, den sie wegen seiner Leibesfülle *Öko-Hippo* nannten, versuchte, das Ding noch zu torpedieren. »Von wegen erster Wolf. In der DDR sind immer mal wieder Wölfe geschossen worden. Und außerdem würde ich Leuten, die freiwillig weiter *f6* rauchen, gar nichts glauben. Der Ossi als solcher kann doch keinen Wolf vom Schäferhund unterscheiden.«

Schreiber erwiderte nichts. Jeder im Raum wusste, dass dem Öko-Hippo gar nichts anderes übrig blieb, als Schreibers Geschichte schlechtzureden. Andernfalls hätte er sie selbst vorschlagen müssen. Wölfe waren eindeutig WÖM, Wissenschaft, Ökologie, Medizin, wie Meichelbecks Ressort mit Vor- und Zunamen hieß.

Auch Barthelmus sprang nicht auf Meichelbeck an. »Wurscht wie. Die Düsseldorfer sollen den Voodoo-Mord stemmen und Schreiber geht zu den Wölfen in den Osten. Ich hoffe nur, er kommt dieses Jahr noch zurück.«

Hannes Schreiber grinste gequält. Es war Januar.

3

»Ach Goethe, nicht schon wieder!« Schreiber roch es schon auf dem Flur. Die Anti-Dünnpfiff-Spritze, die der Doc dem Hund unters rehgraue Fell gejubelt hatte, wirkte scheinbar nicht sofort. Als Schreiber die Bürotür öffnete, schob er den Kot im Halbkreis durch den Raum. Schnell schloss er die Bude ab und riss die Balkontür auf. Der Hafenwind drang ein und ließ ihn frösteln.

Goethe hatte sich unter den Schreibtisch verzogen. Zusammengerollt lag die Hündin da, Schnauze seitlich auf die Pfote gelegt, die Bernsteinaugen nur halb geschlossen. In Goethes Bauch grummelte ein fernes Gewitter.

»Wenn du nich so schön wärs, hätt ich dich längs erschossen.« Irgendwann hatte Schreiber angefangen, mit seinem Hund zu reden. Am Anfang schämte er sich ein bisschen. Als der kopfgesteuerte Kerl, für den er sich hielt, mochte er es nicht, wenn man Tiere vermenschlichte, von Mädchen sprach, wenn man Hündinnen meinte, und statt knapper Kommandos ein langes Lamento auf den Hund losließ. *»Velvet, wie oft hab ich dir schon gesagt, du sollst keine kleinen Kinder zerfetzen? Guck mal, wie lieb der graue Wauwau da ist.«*

Wenn er mit Goethe allein war, konnte Schreiber es sich nicht verkneifen, ab und zu das Wort an sie zu richten. Und wenn Goethes Schwanzspitze Antworten auf den Teppichboden morste, wurde ihrem Herrn warm ums Herz. Eine wissenschaftliche Ausrede für sein Verhalten hatte Schreiber auch gefunden. »Schade, dass sie nicht reden können«, hatte Konrad Lorenz über seine

Hunde geschrieben, »sie verstehen jedes Wort.« Als gelernte Graugans musste der Lorenz es schließlich wissen.

Schreiber holte sein Notfallbesteck aus dem Schrank. Kehrblech, Spachtel, Küchenrolle, Sagrotan. Nach einer Viertelstunde war die Schleifspur auf dem Teppich dunkelgrau statt braun. Das Büro roch betörend. Als ob jemand in eine Parfümerie geschissen hätte. Schreiber zog eine Einkaufstüte über die volle Schaufel und machte sich auf den Weg zum Klo.

In der Biege des Flurs prallte er auf die Bildredakteurin, die Barthelmus letzten Monat eingestellt hatte. Sie hatte Schreibers letzte Geschichte optisch betreut. Lydia Tewes kam ohne Bugwelle daher, redete nicht pausenlos von neuer Bildsprache, wollte nicht alles frisch fotografieren lassen. Außerdem sah die neue Lydia gut aus. Fand Schreiber. Er konnte nicht erklären warum. Das verlangte auch niemand.

»Wo hast du denn deinen hübschen Weimaraner gelassen?«, wollte sie wissen. Sie hatte Schreiber von Anfang an geduzt. Hunde mochte sie anscheinend auch.

»Im Büro.«

Lydia lächelte linkisch, schaute auf die Aldi-Tüte und die merkwürdige Art, wie er sie transportierte, waagerecht, mit einer Hand hineingreifend. Schreiber meinte, ein feines Zittern ihrer Nasenflügel zu erkennen, wie bei einem Kaninchen, das sich nicht sicher ist, ob die angebotene Möhre faul ist oder nicht. Warum musste er ausgerechnet dieser Frau mit einer Schüppe voll Scheiße in der Hand begegnen?

»Mahlzeit«, sagte Lydia schließlich und entschwand Richtung Kantine. Schreiber verschanzte sich auf der Herrentoilette und entsorgte die Tütensuppe.

Den mittäglichen Spaziergang mit Goethe konnte er sich sparen. Den Gang zur Kantine nach der appetitanregenden Verrichtung eigentlich auch. Sein leerer Kühlschrank in Winterhude fiel Schreiber ein. Er schlich in den Speisesaal, setzte sich an einen freien Tisch und aß allein. Spinat-Cannelloni, weil kein Fisch zu kriegen war. Schmeckten so schlecht nicht, die Röllchen.

In den achtziger Jahren, als Zweitausend-Mark-Reporter bei der Bochumer Stadtillustrierten *Malibu*, war Schreiber, wenn er seinen Kumpel in Hamburg besuchte, des Öfteren um das Verlagshaus am Hafen geschlichen. Wie weiland der kleine Gerd um das Bonner Kanzleramt. Natürlich hatte Schreiber nicht am Gitter gerüttelt und »Ich will hier rein!« gebrüllt. Er war schließlich kein Juso. Rein gewollt hatte er trotzdem und es nach ein paar Jahren Anlauf auch geschafft. Halb so viel wie heute hatten sie ihm beim Einstieg gezahlt. Schreiber hatte sich für einen gemachten Mann gehalten. Vier Gehaltserhöhungen und hundertfünfzig Geschichten später hockte er nun allein in der Kantine, mümmelte seine Pasta und freute sich über jeden Job, der ihn rausbrachte.

4

Der Mann hackte Holz. Immer wenn er aufgeregt war, hackte er Holz. Hieb mit dem Beil auf die Stubben, als ob sie seine Feinde wären. Betrachtete den Klotz genau, bevor er zuschlug. Versuchte, die Schwachstelle zu finden, die Lücke, in die die Klinge stoßen musste, um das Holz zu sprengen.

Wie lange das Bäumchen gebraucht hatte, bis es groß

und hart geworden war? Wer es gepflanzt hatte? Der Mann war kein Philosoph. Er liebte das Land und die Tiere auf seine eigene, handfeste Art. Säen und Ernten. Hegen und Jagen. Geburt und Tod. Er sah nicht ein, warum er die Hasen den Füchsen überlassen sollte, nachdem sie sich das ganze Jahr auf den Feldern satt gefressen hatten. So was konnte nur diesen Verrückten aus der Stadt einfallen. Die wollten sogar, dass die polnischen Wölfe rüberkämen. Gut reden hatten die Städter. Ihre Schafe rissen sie ja nicht.

Der Mann hatte den angefressenen Kadaver des Hirschkalbs im Feld gefunden. Die Spuren sprachen für sich. Er hatte sie mit seinem Fährtenbuch verglichen. Kein wildernder Hund, eindeutig ein Wolf. Drei Nächte hatte er an dem Riss gelauert. Unter der Trauf verborgen, mit gutem Wind. Der Wolf war nicht zurückgekehrt. Hatte wohl anderswo ein neues Opfer gefunden, die Bestie.

Na ja, auf dem Truppenübungsplatz hatte er den Isegrimm dann doch noch erwischt. Kein Ruhmesblatt, dieser Schuss. Der Mann schämte sich. Nicht weil er ein streng geschütztes Tier erlegt hatte. Das war neumoderner Quatsch. Dass er so schlecht abgekommen war, nagte in ihm. Normalerweise schoss er zwei, drei Frischlinge aus einer rasenden Rotte Sauen. Rollierten im Knall, die Wutzen. Und dann so was wie Samstag. Ein Schuss in die Pfote.

Wer weiß, wofür's gut ist, dachte der Mann. Wenn der Wolf tot vor seinem Hochsitz gelegen hätte, wäre die Sache mit dem Polacken vielleicht auch noch herausgekommen. Wenn die Polizei erst mal ihre Nase in anderleuts Sachen steckt, ist man vor nichts sicher. Außerdem hatte der Baron den Wolf ja noch erwischt.

Der Mann meckerte in sich hinein. Ausgerechnet Vitzewitz. Er holte aus und hieb auf den Eichenstubben ein. Wie durch Butter fuhr die Klinge ins Holz. Der gespaltene Klotz purzelte zu Boden. Der Mann nahm die Stücke auf. Aus euch mach ich Kleinholz, dachte er.

5

Der Reporter und sein Hund hatten dreihundert Kilometer Autobahn und vier Dylan-Alben in den Knochen, als sie den Berliner Ring verließen. Auf Schnee gehofft und keinen bekommen. Graubraun buckelten die Felder unter einem Himmel, der keiner war. Keine Sonne, keine Wolken, kein Regen, kein Wind. Eine konturlose, magermilchige Masse stand über dem Land. Nebelkrähen flappten vorbei. Ihre schorfigen Schnäbel wiesen nach Westen. Auf der Wintergerste zog ein Traktor seine Bahn, Gülle pladderte hinter ihm her. Schreiber schloss das Wagenfenster. Aus den Boxen des Kangoo raspelte Altmeister Zimmerman, mit dem Rest Stimme, der ihm nach tausenddreihundertachtzig Konzerten in den letzten vierzehn Jahren geblieben war. *My heart's in the Highlands*. Sechzehn Minuten einunddreißig Sekunden Schwermut. Die Zeit kroch seitlich dahin.

Wie immer, wenn er aus Hamburg kam, hatte Schreiber Mühe, das ländliche Tempo anzunehmen. Keiner fuhr ihm schnell genug. Hinter jedem Lkw zappelte er herum, verrenkte sich den Hals, bis er eine Lücke im Gegenverkehr erspähte, groß genug, um seinen müden Franzosen auf Trab bringen zu können. Nur um nach fünf Kilometern hinter der nächsten Kolonne zu hängen. Verknautschte

Kleinwagen, betagte Busse, die nur noch von Aufklebern zusammengehalten wurden. Hinter den Scheiben junge Leute mit bunten Haaren, lila Tücher oder Arafat-Feudel um den Hals, sturzbetroffene Gesichter unter Sweatshirt-Kapuzen. Wie Sendboten längst vergangener Zeiten kamen sie Schreiber vor. Kirchentagbesucher, die den Abschlussgottesdienst verpasst hatten. Ostermarschierer an Weihnachten. Hafenstraßen-Besetzer auf der Flucht vor der Wirklichkeit.

Einen Wagen nach dem anderen überholte Schreiber. Als er die bunte Truppe endlich hinter sich gelassen hatte, waren es noch sechzehn Kilometer bis zum Ziel, sagte das gelbe Schild. Busow. Das Nest am Oderhang, das in die Schlagzeilen geraten war, weil sein vornehmster Bürger ein streng geschütztes Tier erschossen hatte.

Nach all den Feldern gab es endlich ein bisschen Wald längs der Straße. Schreiber fragte sich, wie ein Wolf in dieser Gegend überlebt haben konnte. Beute und Ruhe braucht der Räuber. Den Spruch hatten sie ihm in der Jägerprüfung beigebracht. Mit der Beute mochte es angehen. Rehe hatte Schreiber selbst im Vorbeifahren genug gesehen. Sie standen in kleinen Trupps mitten auf den Feldern. Nur wohin sollte sich Gevatter Wolf nach dem Mahl zum Nickerchen zurückziehen? »Wurscht wo«, hörte er Barthelmus sagen. Es hatte hier einen Wolf gegeben. Ein durchgeknallter Edelmann hatte ihn abgeknipst. Wenn das keine *Magazin*-Geschichte war, was dann?

Das Hotel, das die Mädels vom Reisebüro für ihn gebucht hatten, hieß *Oderblick* und kostete fünfundzwanzig Euro pro Nacht. Schreiber ahnte Schreckliches, als er am Ortseingang von der Landstraße abbog, wie das Hinweisschild ihn geheißen hatte. Der Weg zum Hotel war mit kindskopfgroßen Feldsteinen gepflastert. Wo die Löcher Badewannencharakter annahmen, wich Schreiber auf die sandige Parallelpiste aus.

Hotel war etwas hochgegriffen für den Gasthof am Ende der Eichenallee. Doch drinnen mochte es sein, wie es wollte. Der Blick, der sich Schreiber bot, als er ausstieg, machte manches wett. Fünfzig Meter unter dem Schuppen strömte der Fluss, grafitgrau, wie eine fette Ringelnatter, lang ausgestreckt nach Norden, kilometerweit im Dunst des Bruchs zu verfolgen, gekrümmt Richtung Süden, wo die Hänge zum Ufer abstürzten wie Weinberge an der Mosel.

Im Osten, auf der polnischen Seite, lag das Land brach. Steppe, so weit das Auge reichte. Kein Haus, nicht mal ein Baum. Nur dürres Gras und mannshohe abgestorbene Stauden, rostbraun wie das verrottete Eisen auf den Industriebrachen seiner Heimat.

»Eiszeit«, sagte Schreiber, »sieht aus wie am Ende der Eiszeit. Würd mich nicht wundern, wenn da drüben gleich Wollnashörner auftauchten. Oder Mammuts.« Der Hund, verpooft und wuschelig aus dem Auto gekrabbelt, legte den Kopf schief. Was redete der Alte da?

»Komm, Goethe, wir drehn ärs ma ne Runde!« Immer wenn er auf den Weimaraner einsprach, verfiel Schreiber in den Revier-Slang. Der Hund sprang vor Freude Bock, katzbuckelte in der Luft, versuchte sich an einer Art Liegestütz, warf sich herum und stupste ihn mit der Schnauze. »Alte Hupfdohle.« Schreiber tat ein paar schnelle Schritte. Goethe schoss los.

Auf einem Pfad, der am Friedhof vorbeiführte, stiegen sie im Zickzack runter zum Fluss. Busow, mehr Städtchen als Dorf, kuschelte sich in eine Muschel im Oderhang. Ein bisschen wie Blankenese, dachte Schreiber und lachte laut auf. In den Häusern von Busow hätten die Elbhang-Heinis nicht mal ihr Auto abgestellt. Es waren schmucklose Schuhkartons mit nicht allzu spitzen Dächern. Angestrichen in allen Farben, die es im Baumarkt billig zu schnappen gab. Irgendwann in den Nachwendezeiten musste ein Fensterfuzzi aus dem Westen durch den Ort gezogen sein. Er hatte eine Spur von kackbraun gerahmten Scheiben hinterlassen, mit goldigen Plastiksprossen zwischen dem Doppelglas. Ein Neubau war mit himmelblauen Pfannen gedeckt.

Unten floss träge die Oder, hatte scheinbar keine Eile, sich in der Ostsee zu verlieren. An den Eisenpfählen der Anlegestelle gurgelte das Wasser. Im Sommer würden hier Schiffe verkehren, versprach ein Schild. An diesem Winternachmittag gab es nicht mal Boote. Schreiber wanderte ein Stück flussaufwärts. Zwischen Weiden, deren junge Triebe orange leuchteten, und flüsterndem Schilf. Alle paar hundert Meter steckte ein Betonpfahl im Wiesengrund. Schwarz-rot-gold bemalt, eine kreisrunde Leerstelle, wo einst das DDR-Wappen klebte.

Den Angler entdeckte er zu spät, um Goethe noch zurückzurufen. Der Alte hockte auf einem zugewachsenen Buhnenkopf und trug die Sorte Camouflage-Klamotten, die Schreiber schon mal bei Ost-Jägern bewundert hatte. Ein-Strich-kein-Strich nannten sie das Zeug aus Volksarmeebeständen, wegen des braunen Strichmusters auf olivem Grund.

Ausgehungert, wie er nach dem Durchfall war, machte sich der Hund über den Ködereimer des Anglers her. Ehe Schreiber oder der Wurmbader einschreiten konnte, war die Hälfte der kaviarartigen Masse weg. Goethe hob den Kopf und leckte sich genießerisch den Bart. Schreiber rief den Hund bei Fuß. Toller Einstand in Busow. Morgen redete das ganze Dorf über den verfressenen West-Köter, der die darbende Landbevölkerung am Fischfang hinderte.

»Tut mir Leid wegen der Köder«, begann Schreiber den notwendig gewordenen gesamtdeutschen Diskurs. »Was bin ich Ihnen schuldig?« Er nestelte an seiner Gesäßtasche.

»Lassen Se mal stecken. War nur Hanf. Hab ich selbst gekocht. Für Weißfische. Aber die beißen heute nicht. Wie ausgestorben, der Fluss.« Alle Linien im Gesicht des Rentners wiesen nach unten.

»Ich dachte, so Tage gibt's nur auf der Jagd.«

»Beim Angeln auch. In Frankfurt ist 'n Hecht gestorben, jetzt sind alle auf der Beerdigung.«

Schreiber kannte den Gag schon von der Ruhr, lachte vorsichtshalber trotzdem. »Vielleicht trinken wir mal ein Bier zusammen.«

»Für ein einzelnes Bier geh ich nicht in die Gaststätte.«

»Vernünftige Einstellung. Wo trifft man sich in Busow?«

»Im Anglerheim.«

»Morgen Abend?«

»Um sieben.« Der Angler drehte sich weg und starrte wieder aufs Wasser.

Von Osten schlich die Dämmerung ins Land. Schreiber machte sich an den Aufstieg zum Hotel. Wie immer beim Klettern knirschte bald sein rechtes Knie. Ein englisches Wortspiel fiel ihm ein. *Age is a matter of mind. If you don't mind it doesn't matter.* Schöner Spruch. Schade, dass er nicht stimmte.

6

Am nächsten Morgen, nach einer langen traumlosen Nacht ohne störende Nebengeräusche, machte sich Schreiber hübsch für den Freiherrn von Vitzewitz: Tweedsakko in Grüntönen, cognacfarbene Wildlederweste, beige Stoffhose. Eine rostrote Paisley-Krawatte um den Hals gewickelt, die Senk-Spreiz-Füße in braunledernen Tretern verborgen. Etwas kostümiert kam er sich beim Blick in den Spiegel vor, aber nicht schlecht. »Von einem besseren Herren kaum zu unterscheiden«, hörte er den Alten aus dem Grab frotzeln. Dabei hatte sein Vater sich sonntags selbst gern gut angezogen, nach einer ganzen Woche im Blaumann.

Bis vor einigen Jahren war Schreiber in Jeans und Lederjacke durch die Republik gezogen. Wie es sich für einen richtigen Reporter gehörte. Erst mit fünfzig war er flexibler geworden. Seitdem zog er sich so an wie die Szene, in der er sich tummeln musste. Das funktionierte überraschend gut, nicht nur bei Opfern des Krawattenzwangs. Man redete gern mit seinesgleichen.

Den Mantel auf den Rücksitz geworfen, den Hund im Heck, machte Schreiber sich auf zum Schloss, das am anderen Dorfende auf der Hangkante liegen sollte. Er hatte sich bei Vitzewitz nicht angekündigt. Bei schwierigen Kunden tat er das nie. Am Telefon fällt es den Leuten leichter, einen lästigen Reporter abzuwimmeln. Wenn er erst, mit einem hübschen Hund als Eisbrecher, vor der Tür stand, hatten sie mehr Mühe, unhöflich zu sein.

Die Polizeiabsperrung kam überraschend. Hinter einer

Linkskurve stand ein grün-weißer Opel quer zur Fahrbahn, das Blaulicht kreiselte. Ein Wichtigmann in Uniform hörte sich das Gezeter zweier Einheimischer an, die ums Verrecken nicht einsahen, warum sie »wegen den Verrückten aus Berlin« zwanzig Kilometer Umweg fahren sollten.

Schreiber stellte den Wagen ab und gesellte sich zu der Gruppe. Die Busower verstummten, als er dazutrat. Die Schweinsäuglein des rotblonden Beamten taxierten Schreiber von den englischen Schuhen bis zu den dreizehn Haupthärchen, in denen der Wind spielte.

»Ich muss zum Schloss. Baron Vitzewitz erwartet mich«, sagte Schreiber nach dem Check.

»Da haben Sie sich einen schlechten Tag ausgesucht. Der Baron hat schon Besuch. Mehr, als ihm lieb ist.« Der Polizist grinste und warf den Kopf seitrückwärts. Hundert Meter hinter ihm standen eine Menge Leute auf der Straße, hielten Transparente hoch und brüllten Parolen.

Schreiber holte den Hund aus dem Auto, zwängte sich in den Lodenmantel und ging auf die Demonstranten zu. Es waren an die fünfzig und mit Pressearbeit hatten sie offensichtlich kein Problem. TV-Teams sprangen zwischen den einzelnen Grüppchen herum, Schreiber zählte vier Kameras. Tontechniker ließen zottelige Mikros über den Köpfen schweben, aufgeregte Volontärinnen stellten schlichte Fragen. Ein Kameramann schwenkte wie wild von den Spruchbändern auf das Hausdach, das hinter den Büschen schwebte. Mehr Schloss war von der Straße nicht zu kriegen.

»Den Wölfen das Leben, den Jägern den Schrot.« Einer der Burschen, die Schreiber auf der Landstraße überholt hatte, stimmte den Sprechchor an. Er war etwas älter als der Rest und trug ein Arafat-Tuch um den Hals gewickelt.

Schreiber kramte sein Oktavheft aus der Manteltasche und notierte die Sprüche auf den Transparenten. *Milch ist Folter, Fleisch ist Mord, Leder Leichenschändung* stand auf dem langen Lappen, den die Demonstranten über die Straße gespannt hatten. *Hier wohnt ein Lustmörder* auf dem weißen Laken, das die Hecke des Vitzewitz'schen Anwesens zierte. Zwei Frauen hielten eine an Dachlatten getackerte Stoffbahn in die Luft: *Nie wieder Rassismus,* handgemalt, das Doppel-S in Form der SS-Rune.

»Was die Tiere betrifft, sind alle Menschen Nazis«, erklärte ihm die jüngere der beiden Frauen. Ob der Vergleich mit der SS nicht etwas gewagt sei, wollte Schreiber von ihr wissen.

»Wieso?«

»Vielleicht sind sechs Millionen ermordete Juden eine andere Hausnummer als ein erschossener Wolf.«

Mit solchen Spitzfindigkeiten durfte er dem Mädchen mit dem Erzengelgesicht nicht kommen. Sie hielt Schreiber einen Vortrag über Schlachthöfe und Pelztierfarmen, erging sich in Schilderungen von Legebatterien, die sie Hühner-KZs nannte. Die Frau zeigte Symptome einer deutschen Nachkriegskrankheit namens Hitleritis: Alles, was politisch nicht gefällt, wird mit den Nazis verglichen. Schreiber sah in das hübsche Gesicht dieser heiligen Johanna der Schlachthöfe. Selbstgerechte Wut rötete ihre Backen. Ihre Augen sprühten vor Zorn auf alle Aasfresser dieser Welt – sofern sie zwei Beine hatten. Nicht vier, wie der Wolf, um den es hier ging.

In dem Alter darf sie das noch, Hannes, redete Schreiber sich ein. Denk dran, was du mit fünfundzwanzig alles unter dich gelassen hast. Der dumme Spruch, den sie auf Vietnamkriegsdemos gerufen hatten. *USA-SA-SS.* Der war keinen Deut besser als das hier. Im Gegenteil.

Der interne Ordnungsruf wirkte. Schreiber fragte sich freundlich durch die Reihen. Weil sich vor dem Schloss rein gar nichts tat, keine Attacke der Dorfpolizei, kein Ausfall des Raubritters aus seiner Feste, verlegte der Rudelführer der Demonstranten sich aufs Dozieren. »Wir stehen tief in der Schuld der Tiere«, sagte der Möchtegern-Palästinenser und erläuterte einer Fernsehfrau seine Essgewohnheiten. Kein Fleisch, klar. Keine Milch, keine Eier, kein Käse. Aber warum nur Fallobst? »Wir dürfen der Natur nur das nehmen, was sie uns freiwillig gibt. Früchte pflücken ist Körperverletzung.«

»Und Brot ist Vorbereitung eines Angriffskrieges.« Der Satz war Schreiber durch den Kopf geschossen und zum Mund herausgefahren. So etwas passierte ihm manchmal. Meist zu unpassender Zeit. Es gibt Menschen, die stolpern öfter über ihre Zunge als über die eigenen Beine.

Der Arafat-Fan holte Luft. Seine Augen verengten sich zu Schlitzen. Er sah an Schreiber rauf und runter, und man konnte hören, wie bei ihm der Euro fiel. In Cents zwar, aber er fiel. Lodenmantel, Tweedjacke, Jagdhund.

»Lustmörder«, zischte der Mann, der sich den Fernsehfuzzis als Tobias Tagtraum vorgestellt hatte. »Hier steht ein Luuuustmööööördaaaaaaa.«

Goethe legte den Kopf schräg und sah den Schreihals interessiert an. Die Demonstranten rundherum schwiegen. Sie musterten Schreiber, als ob er gerade ein vierjähriges Kind geschändet oder einen Apfel gepflückt hätte, und rückten näher. Tagtraum voran. Der gewaltfreie Anstrich, den er sich vor der Kamera gegeben hatte, verblasste.

Schreibers Schutz waren die Fernsehleute. Glaubte er. Vor laufender Kamera konnten die Veganer ihn schließlich nicht verprügeln, das wäre schlecht fürs Image. Womit er nicht gerechnet hatte, war der Krawall-Quotient von *paff*, oder wie die Sendung hieß.

»Sind Sie Jäger?«, fragte die TV-Tussi scharf und nickte ihrem Team zu. Der Kameramann drehte auf, das Plüschmikro schwebte über Schreibers Glatze.

»Ich bin Journalist«, gab Schreiber zurück. Was gingen diese Leute seine Hobbys an?

Der Mann mit dem Schal gab keine Ruhe. Er baute sich vor Schreiber auf und schrie ihm ins Gesicht. »Luuustmööööördaaa.« Weil er das Maul beim A so weit aufriss, flog ein Tropfen Spucke aus seinem Rachen und landete auf Schreibers Kinn.

Schreiber wischte ihn mit dem Ärmel ab und klickte mit der Zunge. Goethes Maul blieb fast geschlossen, niemand bekam ihre Zähne zu sehen. Aber jeder im Umkreis von fünf Metern konnte das Knurren hören. Dieses tiefe Weimaraner-Grollen, Erbe der Jahre, als der Klub nur mannscharfe Hunde zur Zucht zuließ. Freund Arafat war gewarnt. Seine Mitstreiter sahen ihn erwartungsvoll an. Wenn er seine Stellung als Leitwolf dieses Rudels behaupten wollte, musste er etwas tun.

Der kleine Tierfreund war nicht dumm. Er wollte zuerst den Hund auf seine Seite ziehen, bevor er sich Schreiber vornähme. »Armes Tier«, säuselte er, kramte in seiner Anoraktasche und hielt ihm so einen komischen Knubbel hin, den sie im Bioladen als Energiebällchen verkauften.

Und Goethe, der alte Schweinehund, statt sich an ihrem Herrn und Meister ein Beispiel zu nehmen und den Schreihals zu ignorieren, lief schwanzwedelnd drei Schritte auf ihn zu und schnappte sich den Leckerbissen. Das Energieböllchen verschwand in ihrem Schlund. Tobi Tagtraums Hand auch. Er schrie auf. In seiner Gier hatte das Tier zu fest zugebissen. Ein paar Druckstellen waren auf dem Handrücken zu erkennen. Aus einer quoll ein Tropfen Blut, wurde dicker und zerfloss zu einem roten Rinnsal. Schuldbewusst setzte sich Goethe neben ihren Herrn, leckte ihren Bart und wartete auf Anweisungen.

Schreiber unterdrückte ein Grinsen. »Tut mir aufrichtig Leid, Herr Tagtraum«, heuchelte er, »aber mein Hund ist schrecklich verfressen. Da kann es schon mal zu solchen Kollateralschäden kommen. Hier ist meine Visitenkarte.« Er drückte dem Mann die Pappe in die Hand. »Schicken Sie mir doch die Arztrechnung zu. Ich reiche sie bei meiner Haftpflichtversicherung ein.«

Dann drehte er sich um und ging langsam Richtung Polizeisperre zurück. Der Kreis der Demonstranten öffnete sich, Goethe trottete neben ihm durch die Lücke. Als die beiden am Wagen angekommen waren, rollte man vor dem Schloss die Transparente ein.

7

Nach einer ausgiebigen Mittagspause – Spagetti im *Oderblick*, Spaziergang am Oderhang – steuerte Schreiber den senfgelben Kangoo wieder zum Schloss. Die Polizei war verschwunden. An die Demonstranten erinnerte ein gebrauchtes Flugblatt, das in einem Busch festhing. Hochnebel lag noch immer über dem Land. Freundlicher machte er die Gegend nicht. Was tut man hier den ganzen Winter?, fragte sich Schreiber, als er in die Einfahrt bog. Wenn gerade kein Wolf zum Erschießen zur Hand ist.

Schloss Busow hatte er sich anders vorgestellt, imposanter als die anderthalbstöckige Villa, vor der er den Wagen abstellte. Das längliche Gebäude leuchtete zwar frisch gestrichen, auf dem First funkelte ein goldiges V, drehte sich sogar ein wenig. Aber Schloss?

Schreiber knirschte über den Kies, drückte den Messingknopf unter dem gravierten Vitzewitz. Wie oft hatte er vor Haustüren gestanden und darauf gewartet, dass jemand sie ihm vor der Nase zuschlug, sobald er den Namen seines Blattes nannte? Wenn das hier passierte, konnte er die Geschichte knicken.

Das innovative Gebimmel war längst verklungen, als sich hinter der Tür doch noch etwas tat. Schritte schlappten, Schlüssel klimperten. Eine Gestalt tauchte auf zwischen Rahmen und Blatt. Mitte vierzig, männlich, sportlich, ängstlich.

»Sie wünschen?«

»Hannes Schreiber, Reporter beim *Magazin* in Hamburg. Ich würde gern mit Ihnen über den Wolf reden, Baron Vitzewitz.«

»Ich kann es nicht mehr hören. Den ganzen Vormittag haben diese Krawallkinder vorm Haus randaliert. Sogar das Fernsehen war da. Aber mit mir hat keiner gesprochen.«

Solche Steilvorlagen ließ Schreiber sich natürlich nicht entgehen. Er sprintete in den freien Raum. »Ich schon«, sülzte er, »sonst stände ich ja nicht hier.«

Der Freiherr zog die Tür ein Stück weiter auf. Helle Breitkordhosen beulten vor seinen Knien, Wollpillen übersäten den Pullover. An seinen Bootsschuhen klebte das halbe Oderbruch. Vitzewitz warf eine blonde Strähne aus der Stirn, legte Furchen frei, die das Leben gepflügt hatte. Augen wie Aquamarin röntgten den Reporter.

»Ländlicher Chic«, sagte der Edelmann wie zu sich selbst. »Vertrauensbildende Maßnahme?« Schreiber musste grinsen. Vitzewitz auch. »Ich wusste gar nicht, dass sie im Kostümverleih auch Langhaar-Weimaraner führen.«

Statt zu antworten öffnete Schreiber die Halsschlinge der Führerleine und schickte Goethe auf die Suche. Die Hündin arbeitete prima. Stöberte den ganzen Vorgarten nach Wild durch. Vor einer Eibe erstarrte sie mitten in der Bewegung. Den Kopf waagerecht vorgereckt, die rechte Vorderpfote angewinkelt. Das Denkmal eines Vorstehhundes.

Vitzewitz' Begeisterung hielt sich in Grenzen. »Rufen Sie bitte den Hund zurück«, barmte der Baron. »Dahinten steht der Karnickelstall der Kinder.«

»Goethe, zuuurück.« Die Hündin nahm noch eine Nase von dem köstlichen Kaninchenduft, bevor sie beidrehte. Frustriert setzte sie sich neben Schreiber.

»Haben Sie gerade ›Goethe‹ gerufen?«

Schreiber nickte. »Erschien mir passend für 'n Weimaraner, der Name.«

»Aber es ist doch eine Hündin, oder?«

»Ich wollte sie erst Frau von Stein nennen. Dem Tier war das zu lang.«

»Vulpius wäre kürzer.«

»Aber nicht von Adel.«

Vitzewitz warf Schreiber einen überraschten Blick zu, dann lächelte er, mit einem Mundwinkel, und bat den *Magazin*-Mann herein.

Auch drinnen fand Schreiber das Schloss verwirrend. Es gab zwar den erwarteten Kronenhirsch im Flur, doch an dem Geweih hing Vitzewitz' Wachsjacke, seine Karokappe hatte er dem edlen Rotwild ins Gesicht gedrückt. Schreibers Mantel, aus dem ihm der Baron geholfen hatte wie einer alten Dame, hängte Vitzewitz daneben.

Die Wände des Salons strahlten quittegelb. Keine Ahnen in Öl störten die sonnige Atmosphäre, keine kupferstichigen Krieger aus den Schlachten der Preußenkönige, denen Generationen von Vitzewitzen gedient hatten. Ein Stillleben voller Früchte verbreitete Frohsinn über dem Sofa. Blaue Äpfel, rosa Pflaumen, türkise Trauben.

Auf Anweisung versank Schreiber in den Tiefen des Sofas. Der Baron ließ sich in den roten Sessel fallen. Auf dem Couchtisch stapelten sich Bildbände zum Begucken. Frans Lantings wunderbares *Auge in Auge* und, Schreiber fasste es nicht, *Bruder Wolf* von Jim Brandenburg. Der Reporter legte seinen Block ab und wartete auf das, was Vitzewitz zu seiner Entlastung vorzubringen gedachte.

Aber Vitzewitz schwieg. Er starrte aus dem Fenster, hinter dem es nichts zu sehen gab als ein Stück Rasen und einen umgekippten Spielzeugtraktor, dem ein Vorderrad fehlte. Irgendwo im Haus schlug eine Uhr. Es war vier und gegen einen Tee hätte Schreiber nichts einzuwenden gehabt. Vielleicht ein Stück selbst gebackenen Apfelkuchen dazu. Wozu war man schließlich auf dem Land?

Vitzewitz machte keine Anstalten in diese Richtung. »Entschuldigen Sie«, sagte er schließlich, strich sich eine einzelne Locke und einen Sack voll Sorgen aus der Stirn. »Die letzte Woche war wirklich nicht sehr angenehm für mich.«

Schreiber heuchelte Verständnis. Obwohl – Heucheln

traf es nicht. Mit den Jahren hatte der Reporter gelernt, sich auf sein Gegenüber ernsthaft einzulassen, die Dinge mit den Augen des anderen zu sehen, seine eigene Meinung, so er denn eine hatte, zurückzustellen. Es war eine Art von Verständnis, die nicht gespielt, aber auch nicht tief empfunden war. Andernfalls hätten ihn die Abgründe, in die er von Berufs wegen schaute, ins Schwindeln gebracht.

Schreiber hatte gute Erfahrungen damit gemacht, in schwierigen Interviewsituationen zunächst ein bisschen von sich zu erzählen. Von früher recherchierten Geschichten, die in irgendeiner Beziehung zu dem Fall standen. Persönliche Erlebnisse. Irgendwas zum Auftauen.

Auf Vitzewitz' Sofa erzählte er die Story von seinem ersten Schwein, einer Bestie, die er kurz nach der Jägerprüfung in Italien zur Strecke gebracht hatte. Dummerweise hatte er die wilde Sau mit einem Stachelschwein verwechselt, das nachts allein durch den Weinberg taperte. »Irren ist menschlich, Baron Vitzewitz.«

Der Adlige sah Schreiber mild lächelnd an. »Ich habe mich nicht geirrt. Ich habe den Wolf absichtlich erlegt.«

»Wenn das so ist«, dehnte Schreiber, »dann erzählen Sie mir die Geschichte am besten von Anfang an. Ich unterbreche Sie, wenn mir was unklar ist.«

Vitzewitz schnaufte. »Wir waren beim Bundesforst eingeladen. Drückjagd auf dem Truppenübungsplatz. Eine wunderschöne Jagd ist das jedes Mal. Gut organisiert, Wild ist auch genug da und die Landschaft – hinreißend. Waldstücke, offenes Gelände, kleine Seen. Sachen, die Sie das ganze Jahr nicht sehen können, weil es militärisches Sperrgebiet ist.«

»Wer ist ›wir‹?«

»Wir sind die örtlichen Jäger. Busow und Umgebung. Die alte Jagdgesellschaft aus DDR-Tagen. Minus ein paar allzu rote Socken. Plus ein paar Leute wie ich, die nach der Wende dazugestoßen sind.«

Schreiber schrieb mit, in seiner eigenen Eilschrift, die er nach zwei Tagen nur noch mühsam entziffern konnte. Nachher würde er sich hinsetzen und jede Menge Wörter leserlich machen müssen. Beim Gespräch war keine Zeit für Schönschreiben.

»Ich hatte den ganzen Morgen kein Stück Wild gesehen. Bis kurz vor dem Abblasen der Wolf auftauchte. Ich hab ihn bemerkt, als er aus dem Erlenholz humpelte. Ich wusste sofort, dass das ein Wolf ist und kein Schäferhund. Die hohen Läufe, das breite Gesicht, das grauschwarze Fell. Genau wie auf den Bildern in Brandenburgs Buch.« Vitzewitz wies mit der Nase zum Tisch.

»Durchs Glas sah ich dann, dass er den linken Vorderlauf schonte. Und dass Schweiß in der Fährte war. Es gab ja ein bisschen Schneegriesel letzten Samstag. Dann war der Wolf plötzlich weg. Ich hörte es im Graben platschen und dachte: Der ersäuft dir da noch. Aber er kam wieder hoch. Auf meiner Seite des Grabens hat er sich dann hingesetzt. Zwei Mal. Dazwischen ein bisschen gelaufen. Und er hat sich in die verletzte Pfote gebissen. Es sah überhaupt nicht gut aus.«

Vitzewitz strich sich wieder durchs Haar. Fahrige Finger. Er schlug die Beine übereinander, sank tiefer in den Sessel. »Mir war klar, was passiert, wenn ich ihn erlöste. Dann wäre ich das Schwein. Völlig klar. Ich hab's dann trotzdem gemacht. Als der Wolf sich zum zweiten Mal aufgerappelt hat, habe ich ihm eine saubere Kugel angetragen. Er hat den Schuss nicht mehr gehört. Anschließend bin ich runter und hab ihn mir angesehen. Ein junger Rüde. Knapp vierzig Kilo.«

Schreiber fingerte eine Packung Luckys aus der Tasche. »Darf man hier?«

»Eigentlich nicht. Wegen der Kinder. Aber wenn meine Frau nicht da ist, mach ich gern Ausnahmen.«

Schreiber hielt ihm die Schachtel hin. Für einen Freiherrn hatte Vitzewitz ziemlich klumpige Finger. Sahen richtig nach Arbeit aus. Unbeholfen operierte er eine Zigarette heraus, ließ sich Feuer geben und paffte wie ein Junge in der Pubertät.

»Und wer hat den Wolf krank geschossen?«

Der Baron grinste. Sein leicht schiefer Mund verzog sich noch mehr. »Gute Frage. Hab ich auch gestellt.«

»Antwort bekommen?«

»Natürlich nicht. Aber die Wunde war frisch. Sie muss aus demselben Treiben stammen.«

»Wie fühlt man sich, wenn einen die eigenen Weidgenossen derartig im Stich lassen?«

Vitzewitz ließ sich die Frage einen Moment lang durch den Kopf gehen. »Die Weidgenossen, das stimmt ja so nicht. Es war nur einer. Ein einziger Schuss hat dem Wolf das Fersenbein zertrümmert. Und der Schütze hat einfach nicht den Mut aufgebracht, zu seinem Fehler zu stehen.« Er schloss die Augen. »Zu seinen zwei Fehlern«, korrigierte er sich. »Erstens hat er ein streng geschütztes Tier beschossen. Ich gehe davon aus: nicht absichtlich. Der Mann hat den Wolf als wildernden Hund angesprochen. Zweitens ist er schrecklich schlecht abgekommen. Trifft die Pfote. Schlimmer geht's nimmer. Sie müssen schon ein sehr breites Kreuz haben, um dazu zu stehen.«

Schreiber musterte Vitzewitz, der sich im Sessel wieder

aufgerichtet hatte. »So breitschultrig sind Sie nun auch wieder nicht, Baron. Sie hätten den toten Wolf verbuddeln können. Die drei großen Schs der Jägerei: Schießen, Schaufeln, Schnauzehalten.«

»Vielleicht hatte ich keinen Spaten dabei.«

»Vielleicht machen Sie jetzt Witze.«

»Vielleicht haben Sie Recht. Ich hatte in der Tat keinen Klappspaten mit. Ich hätte den Wolf aber unter die Brombeeren schieben können. Auf dem Truppenübungsplatz findet den so schnell keiner. Habe ich aber nicht. Ein Vitzewitz steht zu dem, was er tut. Hat mein Vater jedenfalls behauptet.«

Also doch. Schreiber hatte die ganze Zeit darauf gewartet, dass irgendwas in der Art käme. Wozu war er bei einem der ältesten Adelshäuser der Mark Brandenburg zu Besuch? Einer Sippschaft, über die sich Fontane die Finger wund geschrieben hatte. Vitzewitz hatte die Familienehre zwar hübsch ironisiert. Aber der alte Schreiber hatte dem kleinen Hannes auch was beigebracht: »Man kann auch im Spaß die Wahrheit sagen, Junge.«

Nach einer kleinen, beiden Männern peinlichen Pause setzte der Reporter nach. »Erzählen Sie mir ein bisschen über die anderen Busower Jäger. Haben Sie jemanden in Verdacht?«

Vitzewitz überlegte. Seine Blauaugen verschatteten sich. Dann schüttelte er den Kopf. »Haben Sie Ihre Waffe dabei?«, fragte er zurück.

»Fuchs kann immer kommen.« Der alte Jägerschnack, warum man selbst zu Beerdigungen seine Flinte mitnehmen sollte.

»Seien Sie morgen früh um acht am Bahnübergang in Hohen-Vietz. Wir gehen auf Gänse. Dann lernen Sie die ganze Korona kennen und können sich selbst ein Bild machen. Und bringen Sie Vier-Millimeter-Schrot mit. Sonst wird es Tierquälerei.«

8

Das *Anglerheim* versteckte sich hinter Pappeln am Fluss. Es war das letzte Haus des Ortes oderaufwärts und den Brauereivertretern aus dem Sauerland bei ihrem Beutezug entgangen. Die Männer an den Resopaltischen tranken *Frankfurter* aus Flaschen. Schreiber hatte schon ein paar dieser Rudiment-Restaurants auf seinen Streifzügen durch den Osten kennen gelernt und wusste, was er zu tun hatte. Er ging an den besetzten Tischen vorbei und klopfte zur Begrüßung aufs Resopal, ehe er sich zu dem alten Angler hockte. Zum Glück hatte er den ländlichen Chic im Hotel gelassen.

»Doch noch was gefangen?« Der Reporter hielt die Nase in den Dunst, der vom Teller des Anglers herüberwehte. »Riecht nicht schlecht.«

»Schipperfisch«, knurrte der Alte zwischen zwei Löffeln, »Spezialität des Hauses. Haben die Schleusenwärter früher für die Berufsschiffer gekocht. Als es noch welche gab auf dem Fluss.« Wie lange das her war, sagte er nicht. Es klang aber so, als ob den letzten Oderkahn Wessis versenkt hätten.

Schreiber bestellte Bier, als der Wirt in Puschen hinter der Theke vorgeschlurft kam, und »auch so was«.

»Hannes Schreiber«, stellte er sich dem Angler vor.

»Karl Berger.«

Aus den Kneipen des Ruhrgebiets war Schreiber gewöhnt, schnell Kontakt mit den anderen Trinkern zu knüpfen. Fußball war immer ein Thema, besonders in Bochum, wo man nie wusste, ob der andere Schalker war oder der schwarz-gelben Konkurrenzreligion anhing. Gelegentlich traf man sogar auf einen Bochum-Fan.

Was redete man mit einem alten Mann an der Oder, wenn man vom Angeln keine Ahnung hatte, der nächste Bundesligist hundert Kilometer entfernt kickte und *Energie Cottbus* hieß? Man redete übers Wetter.

»Ich hatte gehofft, hier läg Schnee«, begann Schreiber.

Berger wischte sich den Suppenrest vom Kinn. »Normal ja im Januar. Wird richtig kalt dann. Eis auf der Oder. Kannste nach Polen rübermachen. Aber wer will das schon?«

»Andersrum ist mehr Verkehr?«

Der Alte nickte, nahm einen Schluck aus der Pulle, versuchte, ein Bäuerchen zu unterdrücken. Es blieb beim Versuch. »Kann man so sagen. Manchmal steht morgens mitten auf dem Fluss 'ne Reisetasche auf dem Eis. Loch daneben. Dünne Frosthaut drauf. Dann hat's wieder einen erwischt.«

»Selbst gesehen?«

»Bin viel am Fluss. Da sieht man einiges.«

Schreibers Suppe kam. Er nahm einen Löffel voll. Gewöhnungsbedürftig, aber nicht schlecht. Eine Art Süßwasser-Bouillabaisse. Während er den Teller leerte, schwieg sein Gegenüber. Wartete, bis Schreiber den letzten Tropfen mit Graubrot aufgetunkt hatte.

»Was treibt Sie nach Busow?«, fragte der Angler dann. Schreiber erzählte es ihm. Berger brummte. »Haben Sie was mit den Verrückten zu tun, die heute Morgen durchs Dorf gezogen sind?«

Schreiber schüttelte den Kopf.

»Was ich nicht verstehe: Warum machen die wegen einem Wolf so ein Gewese? Wenn hier am Fluss ein Polack erschossen wird, da kräht kein Hahn noch Henne nach. Dann demonstrieren die nicht mit ihren Losungen. Und Reporter aus Hamburg kommen auch nicht.«

Um Zeit zu gewinnen, erzählte Schreiber die Geschichte von dem Rottweiler, der einem sechs Wochen alten Baby das Bein abgebissen hatte. »Als die Story im *Magazin* erschien, meldete sich eine Menge Menschen bei mir. Alle wollten den Rotti vorm Einschläfern bewahren. Nach dem Mädchen mit dem fehlenden Bein hat keiner gefragt.«

Berger sah ihn an. Dünne graue Brauen, breites, von Altersflecken gesprenkeltes Gesicht, abstehende Ohren, aus denen Drahthaar spross. »Scheißspiel«, meinte er, »und Sie spielen mit.«

Was sollte Schreiber darauf entgegnen? Dylans *Hurricane* zitieren? Den schwarzen Boxer, dem sie einen Mord angehängt hatten. Rubin Carter konnte seine Gegner mit einem Hieb ausknocken, machte aber kein Aufhebens davon. *It's my work, he'd say, and I do it for a pay. And when it's over I'd just as soon go on my way.* Nur wenn Schreiber ein bisschen besser drauf war, fiel ihm Rosa Luxemburg noch ein. Einfach aufschreiben, was ist, das ist heute schon revolutionär.

Mit Dylan konnte er dem Flussfischer kaum kommen und bei Luxemburg war er sich hier im Osten auch nicht sicher. Entweder man gewann einen neuen Freund – oder man bekam kein Bein mehr an die Erde. Schreiber ließ es nicht darauf ankommen.

»Das mit dem erschossenen Polen, war das nur ein Spruch von Ihnen?«

»Nee. Ist wirklich passiert. Mitte Dezember, als es so kalt war. Die Oder führte Eis. Ob es zum Rübermachen reichte, weiß ich nicht. Muss aber wohl.«

»Dann könnte der auch auf dem anderen Ufer abgeknipst worden sein. Und dann im Westen abgelegt. Erschwert auf jeden Fall die Ermittlungen.«

»Hat die Zeitung auch geschrieben. Glaub ich aber nich.«

»Warum nicht?«

»Ich glaub's einfach nich.«

»Wer führt die Ermittlungen?«

»Frankfurter Kripo. Mit so 'nem oberschlauen Kommissar. Heißt genau wie ich, ist aber nicht von hier, der Mann. Ist Ihnen irgendwas Verdächtiges aufgefallen, Herr Berger? Fragt der mich. Total ahnungslos, der Kerl.«

»Vielleicht weiß er inzwischen mehr?«

»Hätte man sicher von gehört. Wenn die mal einen schnappen, steht am nächsten Tag die Zeitung voll.«

»Ich kann mich ja mal schlau machen.«

»Ich dachte, es geht um den Wolf.«

»Um 'ne gute Crime-Story sind wir immer verlegen«, erklärte Schreiber. Er klang ziemlich überzeugt, war es aber nicht. Mit einem erschossenen Polen an der Oder brauchte er Barthelmus nicht zu kommen. »Wenn das schon vor Ort keine Sau interessiert, brauchen wir den Rest der Republik damit auch nicht zu belästigen«, pflegte der Chefredakteur in ähnlichen Fällen zu entscheiden.

»Waren Sie schon bei Vitzewitz?«

Schreiber machte »Mmmhhh«.

»Was halten Sie von dem Mann?«

Gute Frage. Was hält man von einem Mann, mit dem man sich eine Stunde unterhalten hat? Schreiber hatte gelernt, sich auf die Schnelle ein Bild von Menschen zu machen. Bei aktuellen Geschichten ging das gar nicht anders. Voll daneben gelegen hatte er noch nie. Manchmal blieb ein mulmiges Gefühl.

»Jagdlich ist er, glaub ich, ganz okay«, sagte er. »Ich mein, was soll er machen, wenn dieser verletzte Wolf bei ihm vorbeikommt? Gut, er kann ihn laufen lassen. Vielleicht überlebt das Tier auf drei Beinen. Vielleicht auch nicht. Dann krepiert es jämmerlich. Am besten wäre ein Narkosegewehr gewesen. Das hatte er natürlich nicht, und mit der Hand fangen würde ich einen Wolf auch nicht wollen. Also hat er sich zum Schuss entschlossen. Er wusste genau, dass er Ärger kriegt, hat er mir jedenfalls gesagt, und es trotzdem getan.«

Berger nickte. »Der Mann hat wenigstens einen Arsch in der Hose. Der einzige Wessi, auf den ich nix kommen lass. Hat hier niemand was weggenommen. Nicht mal 'ne Wohnung. Der hat im Wohnwagen gehaust, mit der schwangeren Frau, bis das Kavaliershaus renoviert war. Das Schloss von seinem Opa haben sie ja damals gesprengt. Hatte von den Russen richtig was aufs Dach gekriegt. Das Land hat Vitzewitz zurückgekauft, sogar der Preis war in Ordnung. Den Rest hat er gepachtet.«

Berger erholte sich von seiner langen Rede mit einem Schluck Bier. »Schade, dass ihm die Alte abgehauen ist. Mit den Kindern zurück nach München. Ich glaub, der hängt an den Gören. Mal sehn, was wird. Vielleicht zieht er hinterher. Wieder zehn Arbeitslose mehr.«

Schreiber zahlte keine zehn Euro für zwei Suppen und vier Flaschen Bier. Er schämte sich, dafür eine Quittung zu verlangen, und ließ es bleiben.

»Wo findet man Sie, wenn irgendwas ist?«

»Unten am Fluss«, brummte Berger.

Draußen klappte Schreiber das Heck des Wagens auf. Goethe hüpfte raus und scharwenzelte um seine Beine. »Tut mir Leid, dat ich dich nich mitnehm konnte, du alte Töle. Die mögen hier keine Hunde inner Kneipe.« Anfangs hatte Schreiber den Weimaraner auch im Osten mit in die Gaststätte genommen. Der Kellner sagte nichts, guckte nur unwirsch aus der Wäsche, statt ihn zu bedienen. Wie früher in der DDR, die eher ein Terrorregime der Ober über die Gäste gewesen war als die Diktatur des Proletariats über die Bourgeoisie. Seitdem blieb Goethe im Wagen, wenn Schreiber im Osten Essen fasste.

9

Der Hochnebel hatte sich gelegt. Wie Glaswolle hing er jetzt dicht über dem Fluss, verschluckte die Pappelreihen, die das brettebene Bruch teilten. Ostwärts ein heller Hauch, in Polen graute der Morgen. Schreibers Kangoo schlich durch die Gegend. Sicht war kaum. Er hatte auf Standlicht heruntergeschaltet, um wenigstens etwas erkennen zu können. Nach einer Weile war er sich nicht mehr sicher, ob er oben am Hang die richtige Straße erwischt hatte. Falls nicht, konnte er die Gänsejagd vergessen. Als hinter ihm im weißen Wattebausch Scheinwerferlicht auftauchte, stoppte er den Wagen und schaltete die Warnblinkanlage an. Die Frontleuchten eines Fahrzeugs fingerten auf ihn zu. Ein kantiger Kombi hielt neben ihm. Schreiber versenkte das Seitenfenster. Der andere auch.

»Bin ich hier richtig auf der Straße nach Hohen-Vietz?«

Keine Antwort. Ein älterer Typ mit grüner Schirmmütze sah ihn einfach nur an. Dann glitt die Scheibe wieder hoch und der Kombi fuhr weiter. Schreiber hängte sich an die Rücklichter, aber der andere war zu schnell. Allein fuhr der Reporter in den Ort ein, von dem er annahm, es sei Hohen-Vietz. Er wartete auf das Hoppeln, das den Bahnübergang verraten würde.

Das Dorf lag hinter ihm, als die dunklen Klumpen auftauchten. Autos, die am Straßenrand parkten. Subarus, Offroader, einen Trabant Kombi erkannte er im Vorbeigleiten. Am Ende der Schlange, wo sich die Straße wölbte und die Schienen nicht weit sein konnten, parkte Schreiber ein.

Natürlich war er nervös. Wie immer vor Jagden, die er nicht kannte. Und hier kannte er gar nichts: weder das Wild, wie es sich verhielt und wie man es schoss, noch die Jäger, die wie er im Dunkeln saßen und rauchten. Schreiber sah Glimmstängel im Rückspiegel aufscheinen. Er drehte sich um und checkte das Geraffel auf der Rückbank. Flinte, Sitzstock, Jagdtasche, Hundeleine. Zwei Schachteln Vier-Millimeter-Schrot hatte er auf die Schnelle in Frankfurt besorgt. Fünfzig Schuss. Wahrscheinlich viel zu viel.

Von hinten zuckelte der nächste Wagen an der Kolonne entlang und klemmte sich zwischen Kangoo und Bahndamm. Vitzewitz stieg aus dem Volvo. Überall hinter Schreiber klappten die Türen auf. Männer in Mänteln warfen Gewehre über die Schultern. Hundegewinsel. Ein Labrador schlug an. Gezischte Befehle. Türenschlagen. Die Wagen blinkerten orange.

»Was haben wir doch früher für ein unwürdiges Leben geführt ohne Zentralverriegelung und Funk-Fernbedienung.« Vitzewitz gab Schreiber die Hand. Er drückte zu, dass sein Siegelring die Finger des Reporters quetschte. Der Baron trug eine Wachsjacke. Die Tweedkappe vom Hirschgeweih zähmte das Blondhaar. Seine Kordhosen endeten in Kautschukstiefeln.

Schreiber schnaufte amüsiert. Er war identisch kostümiert. »Gut, dass wir keine Damen sind und dies hier kein Ball«, meinte Vitzewitz und stellte ihn den anderen vor. »Herr Schreiber ist wegen des Wolfs bei uns. Er ist Reporter beim *Magazin,* glücklicherweise aber auch Jäger. Er wollte unsere Korona kennen lernen. Ich habe ihn gestern, Ihr Einverständnis vorausgesetzt, meine Herren, zur Gänsejagd eingeladen.«

Schreiber konnte das Gegrummel in der zweiten Reihe nicht lokalisieren. Er gab einfach jedem die Hand und versuchte, sich Namen und die dazugehörenden Gesichter einzuprägen. Ein Dutzend Altbauernschädel plus drei oder vier Mittelständler, die nach neuem Geld rochen. Freude über sein Kommen strahlte ihm nirgends entgegen. Er wurde taxiert. Dem Typen mit der Schirmmütze, der ihn vorhin stehen lassen hatte, hätte er gern einen Spruch gedrückt. »Nix sprecke Deutsch?« oder so. Aber er verkniff sich das besser.

Schreiber, dachte Schreiber, wenn du heute scheiße schießt, fährst du am besten mittags zurück. Er steckte sich eine Lucky an und sog den Schwindel bis in die Zehen.

Vitzewitz führte die Truppe ins Bruch. Sie liefen an Gräben vorbei, in denen das Grundwasser stand. Schachbrettfelder dazwischen, Maisstoppel, Wintergerste. Einer von den Wessis schloss zu Schreiber auf. Als »Meier ohne Tritt« hatte er sich dem Reporter vorgestellt, und wenn Schreiber nicht zufällig vorher eine Geschichte über Adlige im Widerstand geschrieben hätte, wären ihm Zweifel am mentalen Wohlbefinden des Weidgenossen gekommen. So aber wusste er, dass Monsieur Meier damit kundund zu wissen gab, er sei nicht von Adel. Dabei hätte ›von Meier‹ schön geklungen.

»Haben Sie schon mal auf Gänse gejagt?«, wollte Meier wissen.

Schreiber sagte Nein.

»Wenn ich Ihnen zwei Tipps geben darf: Schießen Sie nur, wenn Sie die Füße klar erkennen können. Sonst richten die Schrote nichts aus. Gänse sind unglaublich schusshart. Sie hören die Körner gegen das Gefieder prasseln und nichts passiert. Die prallen einfach ab. Und unterschätzen Sie die Geschwindigkeit nicht. Es sind große Vögel. Ein Flügelschlag und sie sind zehn Meter weiter.«

»Wie weit hält man vor?«

»Einen Besenstiel vielleicht. Kommt drauf an, wie lang Ihr Besenstiel ist.«

Meier ohne Tritt kicherte über sein Witzchen. Immer mehr Schützen blieben im Nebel zurück. Vitzewitz postierte alle fünfzig Meter einen entlang des Nord-Süd-Grabens. »Orientieren Sie sich nach Osten«, sagte er, als Schreiber dran war. »Die Gänse übernachten im Warthebruch und kommen morgens zum Fressen zu uns.«

»Wie im richtigen Leben«, warf jemand ein.

Der Reporter blickte der Kampfgruppe Vitzewitz hinterher, bis der Nebel sie aufsaugte. Vier oder fünf waren es noch. Schattenhaft meinte er, noch einen Jäger zu erkennen, der wie er in den Graben kletterte. Dann waren da nur noch das Land, der Nebel, das Wasser, die Stille, der Hund und er.

Schreiber stopfte Patronen in die Läufe seiner Flinte. Er klappte die Waffe zu, entsicherte und starrte dahin, wo das Grau heller wurde. Neben ihm wartete Goethe, die Schlappohren am Kopf hochgezogen, Nase im Wind. All ihre Trantütigkeit fiel von der Hündin ab, wenn es was zu jagen gab. Seit zehn Jahren apportierte die Alte alles, was Schreiber zur Strecke brachte. Mal sehen, wie sie mit Gänsen zurechtkam.

Er hörte die Vögel, lange bevor er sie sah. Rau klang ihr Rufen. »Ahnk, a-hank, ahnk.« Und es kam näher. »A-hank, ahnk. A-hank.« Die erste Gans wuschte aus dem Nebel. Kopf des Keils. Führende der vierzig. Schreiber richtete sich auf, in der Bewegung glitt der Flintenschaft an seine Backe. Die Läufe schwangen zum Himmel, erfassten die erste Gans, überholten sie einen Besenstiel weit.

»Lüü-lüü-lülü-lü-lülü-lüüü-lüüü.« Schreibers neues Handy. Sein Sohn hatte ihm die Melodei zum Geburtstag geschenkt. *Knock-knock-knocking on heavens do-or.* Er klappte die Flinte auf, fand das Telefon in der Schubtasche der Jacke und meldete sich.

»*Magazin*-Chefredaktion. Ich verbinde mit Herrn Barthelmus.« Schreiber sah seinen ersten Gänsen nach, deren Flügel jetzt nicht mehr schlugen. Segelnd sanken sie tiefer. Immer noch schreiend landeten sie auf dem abgeernteten Maisschlag. Mit den Flügeln den Schwung abfangend, stolperten manche, ehe sie standen. Schnatternd wie die zahme Verwandtschaft machten sie sich über das Frühstück her.

»Hier ist Stefan«, brüllte Barthelmus, »hör mal, Hannes, hast du sie noch alle?«

»Ich glaub schon. Wieso fragst du?«

»Ich hab dich gestern Abend im Fernsehen gesehen, Schreiber. Dich und deine Scheißtöle. *Paff,* oder wie der Quatsch heißt. Bei denen liefst du als Jäger mit Kampfhund. Der Typ, den dein Dichterfürst gebissen hat, will Anzeige erstatten.«

»Haben die etwa gesagt, dass ich vom *Magazin* bin?«

»Das hätte noch gefehlt. Aber die ganze Hamburger Medienmischpoke lacht sich auch so schlapp über uns. Kai hat mich gerade angerufen. ›Wusste gar nicht, dass du so toughe Reporter hast, Stefan.‹«

»Dass dieses vegane Arschloch mich Lustmörder genannt hat und mir an die Wäsche wollte, haben sie wohl nicht gezeigt.«

»Nein, Hannes. Das Arschloch in dem Bericht warst eindeutig du.«

In diesem schwierigen Stadium des Meinungsaustausches tauchte der nächste Keil Gänse auf. Natürlich sahen sie Schreiber, der ohne Deckung in der Botanik stand und telefonierte. Abrupt drehten sie ab in Richtung Meier ohne Tritt.

Peng, peng. Zwei Vögel sichelten zu Boden wie besoffene Hubschrauber.

»Was war das denn?«, wollte Barthelmus wissen.

»Fehlzündungen«, meldete Schreiber.

»Scheißtrabis.« Barthelmus mied den Osten trotz der Wende. »Solange diese roten Socken unser Heft nicht kaufen, können sie mir gestohlen bleiben.« Mit den Sitten und Gebräuchen der Eingeborenen kannte er sich trotzdem bestens aus. Glaubte er. »Warst du schon bei diesem Itzenplitz?«

»Vitzewitz, Stefan.«

»Wurscht wie. Was sagt der denn?«

Schreiber berichtete kurz.

»Wenn der's gar nicht war, ist die Luft raus aus der Geschichte, oder?«

Schreiber widersprach. »Ich will den Burschen finden, der den ersten Schuss abgegeben hat. Außerdem geht es doch um die Rückkehr der Wölfe als solche. Die unterschwelligen Ängste der Leute. Das Rotkäppchen-Syndrom.«

Barthelmus war das zu hoch. »Wir sind nicht GEO, Schreiber. Tanzende Neger auf acht Doppelseiten kriegst du bei mir nicht gedruckt.«

Es war sinnlos, mit ihm zu diskutieren. Er hörte einfach nicht zu. »Gib mir eine Woche Zeit, Stefan, und ich komm mit einer guten Geschichte zurück. Die Optiker haben klasse Bilder gekauft. Von dem weltbesten Wolfsfotografen aus USA.«

Barthelmus wäre gern New-York-Korrespondent des *Magazins* geworden, war aber wegen selbstmörderischer Aktionen seiner Vorgänger auf dem Chefsessel gelandet. Seine Amiphilie tobte er jetzt als Blattmacher aus. Mit den Bildern eines US-Knipsers erhöhte sich Schreibers Chance, die Geschichte durchzubekommen, beträchtlich.

»Also gut, Hannes. Eine Woche.« Die Verbindung brach ab. Schreiber steckte das Handy weg und setzte sich auf das Dreibein in der Grabenböschung. Die Stille umschloss ihn wieder. Als gäbe es keinen Barthelmus, keine Freie und Hansestadt Hamburg und keine beschissenen Mobiltelefone.

Meiers Schüsse hatten die gelandeten Gänse vertrieben. Schreiber steckte sich eine Zigarette an und wartete auf neue. Weiter rechts schrien welche. »Ahnk, ahnk.« In der Schützenkette knallte es zwei Mal. Das kehlige Gebell des Labradors klang herüber. Schreiber mochte diese Atmosphäre, so ganz anders als das überdrehte Gewusel der Stadt. Ein Mensch, sein Hund, die Waffe. In einem Graben versteckt, auf Beute lauernd.

Er warf die glimmende Kippe ins Wasser, als das Schreien begann. Direkt vor ihm, vielstimmig. Sie halten Kontakt untereinander, dachte er. Dann tauchten die Gänse auf. Niedrig fliegend. Die rosa Füße deutlich zu erkennen. Wieder stand Schreiber auf, wieder backte die Flinte an, die Läufe schon auf dem Ziel. Eine einzige flüssige Bewegung, aufnehmen, mitschwingen, vorhalten, abdrücken. Er schoss nicht, es schoss ihn. Die erste Gans zog die Flügel ein und fiel. Ganz unspektakulär. Wie ein Stein plumpste sie in den Wassergraben.

Glück. Ein anderes Wort hatte er nicht dafür. Ein warmes Glücksgefühl durchpulste ihn, weil er ein Tier getötet hatte, ein freies, wildes, kluges Tier mit einem schönen, sauberen Schuss getötet. Schreiber hatte längst aufgegeben, Nichtjägern dieses Gefühl erklären zu wollen, seine Erbschaft aus den alten Zeiten, als alle noch jagend und sammelnd unterwegs waren. Sollten sie das Töten doch Spezialisten hinter hohen Mauern überlassen. Polnische Mastgänse aus der Tiefkühltruhe futtern, deren trauriges Leben sie verdrängten. Ein Kilo Schweinefleisch für drei Euro im Sonderangebot schnappen und sich wundern, dass aus dem Kilo ein Pfund wurde, sobald das arme Schwein den Pfannenboden berührte.

Die tote Gans dümpelte auf dem Wasser. Aber wofür hatte man einen Hund? Wie dreißig Kilo geballte Energie saß Goethe da, motiviert bis in die drei Millionen Haarspitzen des weichen Fells. Er schickte sie. Goethe donnerte los. Ihre Geschwindigkeit trug sie übers Ziel hinaus. Sie warf sich herum, sog den fremden Geruch auf und sprang in den Graben. Nicht viel anders als eine Ente brachte sie die Gans, nur dass der lange Hals gegen ihre Vorderläufe baumelte. Vor Schreiber hockte sie sich hin und gab die Beute aus. Erst dann schüttelte sie das Wasser aus dem Fell. Er kramte ein Stückchen Brot aus der Tasche und belohnte den Hund. Es gab sicher noch schönere Dinge im Leben. Aber nicht viele.

Die paar Gänse waren erst der Anfang gewesen, Frühaufsteher, die der Hunger aus dem feuchten polnischen Bett getrieben hatte. Überall in der Luft war nun Schreien, in immer neuen Wellen kreuzten Keile die Kette der Schützen. Wie seinerzeit die Rote Armee, als sie im Oderbruch zum Angriff auf Berlin antrat.

Schüsse fielen, Gänse auch. Meier ohne Tritt, der scheinbar direkt unter der Hauptflugroute saß, kam mit dem Laden nicht nach. Der Bursche schoss nicht schlecht. Kaum ein Keil, aus dem er nicht ein oder zwei Gänse herauspickte. Bewundernd sah Schreiber zu und hätte fast seine eigene Chance verpasst. Er schoss über Kopf, überhastet. Die erste Gans flog wutschreiend weiter. Aber die zweite fiel im weiten Bogen hinter ihm auf den Acker. So weit zum Thema Geschwindigkeit, Schreiber, dachte er.

In der nächsten Stunde erlegte er noch drei Graue und schoss zwei Mal vorbei. Goethe konnte den Hals nicht voll kriegen. Sie brachte eine Gans nach der anderen, und als Schreiber einen Moment nicht Acht gab, war sie schon auf halbem Weg zu Meiers Beute, die den Acker sprenkelte. Auf Schreibers Pfiff trottete sie beleidigt zurück.

Irgendwann ließ der Flugverkehr nach. Ein paar Einzelgänse hasteten hinter der Schar her, lauthals nach den ihren rufend. Die Rushhour war vorbei. Von links tauchten Vitzewitz & Co auf. Schreiber behängte sich mit Flinte, Sitzstock, Jagdtasche, Hund und klaubte seine Gänse auf. Fünf Stück, nicht schlecht für das erste Mal, fand er und wartete.

Die anderen hatten ähnliche Ergebnisse erzielt. Man war sich einig, dass das Wetter geholfen hatte. Der Nebel hatte die Gänse zum Tiefflug gezwungen und die Schützen verborgen. Gemeinsam gingen sie zu Meier, halfen dem Glücklichen beim Tragen und sammelten dann einen Jäger nach dem anderen ein. Meier erzählte jedem jedes Detail jedes Treffers und lud alle zum Brunch auf Drosselstein ein. »Als Jagdkönig ist es mir eine Ehre.«

Vitzewitz sah Schreiber an und verdrehte die Augen. »Warten Sie ab, Herr Meier! Vielleicht hat jemand noch mehr Gänse erlegt als Sie.«

»Glaub ich nicht«, glaubte Meier.

Zur Straße hin wurde der Nebel wieder dichter. Sie hatten Mühe, den nächsten Schützen zu finden. »Der Martmann muss doch irgendwo hier sitzen«, meinte Vitzewitz. »Oder ist er schon zum Wagen gegangen?« Die Frage galt dem Oderbrücher, der neben Martmann gesessen hatte.

»Ich hab den überhaupt nich könn sehn die ganze Zeit«, sagte der Typ mit der Schirmmütze.

Zehn Schritte weiter fanden sie Martmann, auf dem Rücken in der Böschung liegend. Die Gummistiefel im Wasser, sein Gewehr quer über dem Bauch, der einbeinige Sitzstock umgekippt im Gras. Ein Gesicht hatte der Jäger nicht mehr. Mund, Nase, Augen, alles weg.

Niemand sagte ein Wort. Die Männer drängten sich an die Böschungskante und starrten auf den Leichnam. Zwei jüngere drehten sich weg. In der Stille klang ihr Würgen wie aus Lautsprechern. Selbst die Hunde schwiegen. Der Geruch des Todes, den sie viel besser kannten als ihre Herren, verwirrte sie. Es war kein Wild, das da unten verblutet war.

Schreibers Gehirn tastete nach Erklärungen für das, was seine Augen sahen. Wörter aus Obduktionsprotokollen, die er für Crime-Storys studiert hatte, kamen ihm hoch. Kopfschwarte multipel perforiert. Kräftige Einblutungen. Hirnhaut weist grobe Zerreißungen auf. Beim Aktenlesen hatte der Reporter keine Mühe gehabt. Aber dies hier waren keine Akten. Er wandte den Blick von der Leiche und tat einen Schritt zurück. Rauchen, er musste dringend eine rauchen. Auf der Suche nach dem Feuerzeug stieß er auf sein Handy. Er reichte es Vitzewitz.

»Sie sollten besser die Polizei anrufen, Baron.«

Vitzewitz mühte sich, mit seinen Bauernfingern die Tasten des Handys zu treffen, wartete auf den Anschluss und erklärte einem offensichtlich grenzdebilen Polizisten die Lage. Dass im Oderbruch, zirka einen Kilometer östlich des Bahnübergangs Hohen-Vietz, eine Leiche lag. Auf der Gänsejagd. Nein, keine Gans, ein Jäger. Ja, tot. Nein, kein Notarzt. Ja, eine Leichensache, wahrscheinlich ein Unfall. Ja, kann auch Selbstmord sein. Nach fünf Minuten schien der Beamte geschnallt zu haben, worum es ging.

»Wir sollen hier auf die Polizei warten und nichts berühren«, sagte Vitzewitz leise und blies Luft durch die Nase aus. Er hatte schon am Vortag erschöpft gewirkt. Jetzt kam eine teigige Blässe dazu. Dunkle Schatten umkreisten die Augen. Schreiber bot ihm eine Zigarette an. Der Baron schüttelte den Kopf. Schweigend klappte er seinen Sitzstock auf und ließ sich darauf nieder.

Die anderen folgten seinem Beispiel, setzten sich zwischen die toten Gänse, warteten und rauchten. Nach und nach kamen auch die anderen Schützen hinzu, die Männer, die vor Martmann abgestellt worden waren. Ihre

Beute hatten sie am Platz zurückgelassen, und als sie sahen, was mit Martmann geschehen war, setzten auch sie sich hin und schwiegen.

Meier ohne Tritt hielt das nicht lange aus. Die Kaumuskeln in seinem breiten braunen Gesicht mahlten. Zwanghaft zwinkerten die Augenlider. Er presste die Lippen zu einem schmalen Strich.

»Wir sollten seiner Frau Bescheid sagen«, platzte es aus ihm heraus.

»Sie kannten ihn doch am besten«, gab einer der Wessis zurück.

Meier kaute auf der Antwort herum. »Vielleicht überlassen wir das doch besser der Polizei«, sagte er schließlich.

Schreiber grübelte weiter über Martmanns Tod. Jagdunfall hatte Vitzewitz gesagt, Jagdunfall oder Selbstmord. Schreiber fiel ein, dass er selbst die Flinte am Stand sofort entsicherte. Wie viel Wild hatte er früher nicht erlegt, weil er in der Aufregung vor dem Schuss das Entsichern vergessen hatte? Dieses saublöde Gefühl: Man krümmt den Zeigefinger und nichts passiert. Nur: Mit einer ungesicherten Flinte stundenlang herumzufuchteln ist auch nicht ohne. Wie schnell löst sich ein Schuss! In *Wild und Hund* hatte er von Jägern gelesen, die von ihrem eigenen Hund beschossen worden waren. Hatten die Flinte einen Moment auf die Erde gelegt, der Hund trat auf den Abzug und ab war der Fuß.

Selbstmord war einfacher. Man stopfte sich die Läufe in den Mund und peng. Hemingway hatte es so gemacht. Sieht ekelhaft aus, ist aber todsicher.

Und Mord? Mord war möglich. Du gehst zu Martmann, fragst ihn zum Beispiel, ob er dir Munition leihen kann, du hättest dich leer geschossen. Dann knallst du ihn ab und gehst wieder an deinen Platz. Niemand hat dich gesehen in der dicken Suppe. Der Schuss geht im allgemeinen Geballer unter.

Spekulatius, dachte Schreiber, alles Spekulatius. Da kommen die Bullen. Lass die den Job machen. Du bist Journalist und kein Detektiv.

10

Mittags war er zurück im Hotel. Der Appetit war ihm vergangen. Schreiber ließ den Gastraum links liegen und schleppte sein Gedöns aufs Zimmer. Doppelbett, Tisch, Stuhl, Schrank, alles Eiche mundgebissen. Er stellte dem Hund sein Fressen hin. Goethe beschnüffelte es, nahm mit spitzen Zähnen ein Bröckchen aus dem Napf und spuckte es auf den braun melierten Teppichboden. Seit er ihr einmal *Eukanuba* gekauft hatte, zickte die Hündin bei billigerem Futter herum wie eine Katze. Goethe rollte sich unterm Tisch zusammen und schlief.

Schreiber würgte seine Füße aus den Gummistiefeln und warf sich aufs Bett. Schmerz nistete hinter seinen Augenbrauen. Er stand wieder auf, schluckte zwei Aspirin mit Wasser. Eine Stunde hatte es gedauert, bis die Kripo eingetroffen war, eine weitere, bis die Beamten Jagdhergang und Beteiligte aufgenommen hatten. Schreiber hatte der Frau, die ihn vernahm, seine Karte gegeben und den Namen des Hotels genannt. Er solle sich für Nachfragen bereithalten, hieß es.

Stuck inside of Mobile with the Memphis blues again. Er hätte etwas darum gegeben, wenn der Meister ihm eins gesungen hätte. Sich ins Auto zu setzen, nur um Dylan zu hören, so weit ging seine Sucht allerdings noch nicht. Er schloss die Augen und überlegte, was zu tun sei. Viel fiel ihm nicht ein, denn das Handy lülülüte ihn fünf Minuten später aus einem krausen Traum.

»Nicht du schon wieder«, stöhnte Schreiber vor sich hin. Aber es war nicht Barthelmus, sondern das Rathaus in Busow. Die Bürgermeisterin müsse ihn sprechen, sagte die Sekretärin. Es ginge um seinen Kampfhund. Ob er nicht gleich mal vorbeikommen könne. Schreiber ließ sich den Weg erklären. »In einer halben Stunde bin ich da.«

Unter der Dusche ließ der Kopfschmerz nach. Heißes Wasser trommelte gegen seine Stirn. Das nach bunten kleinen Zuckerostereiern riechende Hotelshampoo spülte die Last des Tages weg. Schreiber sah seine Sorgen in den Siphon kreiseln. Er überdachte sein Outfit für den Auftritt bei der Frau Bürgermeister und entschloss sich zu einer gekürzten Volksausgabe des ländlichen Chics: Sakko, Stoffhose, offenes Hemd, keine Weste, keine Krawatte. Am Ende weckte er den Weimaraner und bürstete dessen Fell. »Halt still, alter Kampfhund, wir müssen ’n guten Eindruck machen auffem Amt.«

Das Busower Rathaus erhob sich auf halbem Hang über den Fischerhäusern am Fluss. Schreiber parkte den Wagen neben der Backsteinburg, die vor hundert Jahren sicher was hergemacht hatte. Ob sie immer noch mit Braunkohle heizten oder das Mauerwerk den Schwefelgeruch nach Jahren einfach aushauchte?

Drinnen gab sich das Amt vergleichsweise freundlich. Helle Wände, neue Stühle im Warteraum, auf der Raufaser bunte Ansichten des Ortes. Der Reporter suchte die Gänge nach dem Bürgermeisterbüro ab und fand es im ersten Stock. Die Frau, die ihn herzitiert hatte, wirkte unentspannt. »Hunde sind im Rathaus verboten«, giftete sie.

»Ich denke, es geht um meinen Hund.«

»Darum dürfen Sie ihn trotzdem nicht mitbringen, ni wahr. Haben Sie nicht das Schild gesehen, gleich beim Eingang?«

Nein, sagte Schreiber, hätte er nicht. Ob er den Hund zum Hotel zurückbringen und in einer Stunde noch mal antichambrieren solle?

»Nu werden Se nich gleich frech, wie! Ich frag mal die Frau Gottschalk.«

Sie verschwand hinter der Verbindungstür zum Allerheiligsten. Schreiber hörte sie aufgeregt zischeln. Nach achtzehn Komma fünf Sekunden kam die Gute mit rotem Kopf wieder heraus. »Die Frau Bürgermeister lässt bitten.«

»Beide?«

Statt zu antworten durchwühlte die Vorzimmerfrau ihren Schreibtisch nach dem Standardwerk *Wie kündige ich richtig?*.

Schreiber und Goethe gingen frohgemut an ihr vorbei, das erste Scharmützel mit der Bürokratie siegreich beendet. Gar so schrecklich konnte die First Lady von Busow nicht sein. Schwungvoll öffnete der Reporter die Tür, wartete, bis der Hund drinnen war, und schloss sie gerade wieder, als ihn ihre Stimme von hinten traf.

»Hannes Schreiber, wo du auftauchst, gibt's Ärger.«

Er hatte diese dunkle Stimme noch Jahre danach im Ohr gehabt. Ihre Stimme und die volle, leicht dreckige Lache, die sie selbst dann nicht unterdrücken konnte, wenn es besser gewesen wäre, ernst zu bleiben.

»Vera?«

Schreiber drehte sich um. Hinter dem Schreibtisch lümmelte sie. Stützte das Kinn auf die Hand und verzog keine Miene. Nur ihre Braunaugen blitzten. Das Haar, Schreiber hatte es lang und braun in Erinnerung, trug sie kurz und kupferrot. Ihre scharf geschnittenen Lippen, die damals keinen Stift gekannt hatten, glänzten kirschig. Zwei, drei Falten pro Auge waren hinzugekommen, mehr nicht. Vera Koch war mit Anfang vierzig immer noch eine schöne Frau.

»Darf ich mich setzen?« Er deutete mit der Nase auf den Besprechungstisch am Fenster. »Ich brauch ’n Stuhl.«

Die Bürgermeisterin gluckerte los. »Nimm Platz, Hannes. Du bist nicht jünger geworden.«

Er zog einen Stuhl in die Nähe ihres Schreibtisches, hieß den Hund abliegen und setzte sich. Schreiber fühlte, wie seine Handflächen feucht wurden. »Rauchst du noch, Vera?«

Sie nickte. Er bot ihr eine Lucky an. Sie nahm von ihren eigenen.

Da hockten sie sich wieder gegenüber, sahen sich an und rauchten. Wie in jenem fernen Frühling in der Normannenstraße. Welten hatten zwischen ihnen gelegen, dem desillusionierten *Magazin*-Reporter aus Hamburg und der jungen, idealistischen Frau aus Ostberlin. »Wir sind ein Volk«, hatten die Demonstranten vor der Stasi-Zentrale gerufen. Man hörte es bis in Erich Mielkes verlassenes Büro, wo Vera Koch vom Bürgerkomitee damals gesessen hatte, um Menschen wie Schreiber ins Herz des Geheimdienstes blicken zu lassen.

»Da kannste zwei draus machen«, hatte Schreiber gesagt, »aus dem Volk.« Veras Antwort: »Haben wir doch versucht. Hat aber nicht funktioniert.« Ob er wollte oder nicht, Schreiber hatte mitlachen müssen. Später waren sie gemeinsam essen gegangen.

Verdammt lang her. Zwölf Jahre standen jetzt zwischen Hannes und Vera und ein nagelneuer Führungskräfteschreibtisch im Busower Rathaus. Was sagt Mann in so einer Situation?

»Du wolltest mich sprechen, Vera«, sagte Schreiber.

»Immer noch beleidigt, Hannes?« Die Bürgermeisterin warf sich in ihrem Sessel zurück. Die Lehne kippte nach hinten. Sie schwang ihre Füße auf die Schreibtischplatte, lachte über seinen erstaunten Blick.

»Das hab ich von dir. Ich fand es umwerfend, wie du in eurem Büro in der Mohrenstraße die Füße auf den Schreibtisch vom Chef gelegt hast.«

»Hab ich das?«

»Hmmmh. Und ich hab mit Kinderaugen zugesehen. Du warst mein erster richtiger Westkontakt.«

Schreiber schwieg. Goethe lag neben ihm und schnarchte leise. Als seine Hand ihr Ohr kraulte, atmete die Hündin seufzend ein. Das Schnarchen verstummte. Draußen vor der Tür plinkte der PC der Sekretärin.

Als die Stille zu lärmen begann, machte Schreiber den Mund auf. »Was hat dich denn in dieses Kaff an der Oder verschlagen?«

»Das Kaff nimmst du zurück, Schreiber. Ich komm nämlich von hier. Busow ist mein Heimatdorf.«

»Ach, so ist das.«

»Ja, so ist das. Den Verbrecher zieht es immer an den Tatort zurück.«

»Quatsch«, sagte Schreiber, »von den Verbrechern, über die ich geschrieben habe, ist kein einziger zum Tatort zurückgekehrt.«

»Besserwessi. Immer noch der alte Besserwessi. In Berlin wolltest du mir auch immer die Welt erklären. Und warst beleidigt, wenn ich dir nicht glaubte.«

»War ich das?«

»Warst du. Und ich war wütend auf dich. Besonders wenn ich merkte, dass du Recht gehabt hattest.«

»Hört sich nach einem schwierigen Verhältnis an. Ich hatte es irgendwie anders in Erinnerung.«

Sie sah ihn an und lächelte. »Through the golden mirror of memory.« Der Satz kam ziemlich akzentfrei.

»Seit wann sprichst du Englisch?«

»Hast du mir wohl nicht zugetraut, was? Ich hab's in Abendkursen gelernt. Drei Mal die Woche, fünf Jahre lang. Ich wollte endlich verstehen, was die fremden Männer im Radio singen. Jetzt kann ich sogar deinem Dylan folgen. Lohnt sich aber nicht. Ist mir zu düster, der Typ. *It's not dark yet, but it's getting there.*«

Sie sang den Satz mit einer rauchigen Altstimme, die die Haare auf Schreibers Armen magnetisierte. Er glaubte, etwas gegen das Gefühl tun zu müssen. Einen Schalter finden, um es abzustellen. Wörter, in Wörtern war er doch gut. »Du hast mich sicher nicht einbestellt, um mir was vorzusingen«, sagte er.

Sie zog die Brauen hoch, furchte die Stirn. Ihre Füße schwangen vom Tisch. Sie richtete sich im Sessel auf, machte sich ganz gerade. Die Bürgermeisterin schlug eine dünne Mappe auf. »Nein, Hannes, hab ich nicht. Es geht um deinen Hund. Jemand hat gestern Anzeige erstattet. Aufgrund der Landesgefahrhundeverordnung. Er verlangt, dass wir für den Hund wegen erwiesener Bissigkeit Maulkorb- und Leinenzwang anordnen. Wie stellst du dich dazu?«

Schreiber erzählte ihr die Geschichte vom Reporter, dem Veganer, dem Energiebällchen und dem Hund. Ruhig und sachlich zuerst. Aber wie immer beim Geschichtenerzählen kam er schnell in Fahrt. Das Massaker vor dem Kavaliershaus als antike Tragödie, mit verteilten Rollen, vorgetragen von Hannes Schreiber. Ein Epos über die Ehre eines Mannes, der sich ungern Lustmörder nennen, und seine treulose Hündin, die sich mit Energiebällchen bestechen ließ. Und wie die Verfressenheit des Tieres doch noch alles zum Guten gewendet hatte.

Die Bürgermeisterin versuchte verzweifelt, ihre mühsam antrainierte Amtsmiene zu zementieren. Spätestens im zweiten Akt des Schreiber'schen Dramas – Auftritt eines Blut saugenden Fernsehteams – wurde sie wieder Vera. Am Ende lachte sie wie einst im Mai.

Es pochte. Die Tür ging einen Spalt auf. Die Sekretärin schob den Kopf ins Zimmer. »Nicht dass ich stören will, Frau Gottschalk«, säuselte sie. Ihr Blick glitt zwischen Bürgermeisterin und Besucher hin und her. Hinter ihrer Stirn ratterte es. »Ich sollte Sie an den Termin um vier erinnern, ni wahr. Die goldene Hochzeit bei Schrapels. Der Blumenstrauß liegt bei mir. Den Glückwunschbrief müssen Sie noch unterschreiben.«

Vera sah auf die Uhr. »Danke schön, Frau Kern.« Sie wartete, bis der Kopf verschwunden war. Das dauerte. »Ich muss weg«, sagte sie dann.

»Wichtiger Termin«, ätzte der Reporter.

»Spotte du nur, Schreiber. Du hast überhaupt keine Ahnung, was bei uns abläuft. Aber ich kann dich auch nicht dumm sterben lassen. Komm morgen zum Abendbrot vorbei. Dann erklär ich dir, wie Busow geht.«

»Und was sagt Herr Gottschalk dazu?«

Sie war schon aufgestanden und auf dem Weg zur Tür. Vor Schreiber blieb sie stehen und sah ihn lange an. »Bernd Gottschalk gibt's nicht mehr. Den hat vor drei Jahren der Krebs geholt.«

»Tut mir Leid, Vera.«

»Schon gut«. Sie drehte sich weg und stiefelte zum Ausgang. Schreiber weckte den Weimaraner und folgte ihr. Im Vorbeigehen wünschte er der Vorzimmerin »Weiterhin frohes Schaffen«.

11

Der Mann saß auf einem Schemel und rupfte die Gans. Kopfüber hing sie zwischen seinen Knien. Die Daunen zupfte er zuerst. Das ging am einfachsten. Grauer Flaum schwebte in den Eimer vor seinen Füßen. Cremeweiße Brusthaut erschien. Rot gepickelt, wo die Kiele gesessen hatten. Vorsichtig zog er an den Dunen, damit die Pelle nicht einriss. Eine Menge Gänse hatte er in seinem Leben schon gerupft, Hasen den Balg abgezogen, Rehe aus der Decke geschlagen und zerwirkt. Jedes Mal wunderte er sich, wie aus dem Wild, das er erlegt hatte, unter seinen Händen Fleisch wurde. Gänsebrüste, Hasenkeulen, Rehrücken. Bratenstücke, die einen an Schmortöpfe denken ließen und nicht mehr an das Lebewesen, das sie eben noch gewesen waren.

Es war ihm schwer gefallen, die Sache mit Martmann heute Morgen. Ganz anders als bei dem polnischen Ganoven im Dezember am Fluss. Einem Menschen, den man kennt, aus nächster Nähe den Kopf wegzuschießen, sein angstverzerrtes Gesicht über die Laufschiene ansehen zu müssen und abzudrücken, das war gar nicht so einfach. Auch wenn der Kerl es hundertmal verdient hatte. Aber einer musste es ja machen. Und an ihm war es wieder hängen geblieben. Wie immer.

Der Mann rupfte weiter. Seine Finger bebten ein bisschen. Die Haut gab nach und riss ein Stück ein. Er fluchte leise. Wasser hätte er heiß machen sollen und die Gans da reintauchen, dann wäre das Rupfen einfacher gewesen. Er hatte es vergessen. Er vergaß viel in letzter Zeit.

Der Mann saß auf seinem Schemel und rupfte die Gans. Federchen klebten an seinen Fingern. Er versuchte, sie abzuschütteln, aber die Daunen hafteten fest an dem Blut.

12

Der Totengräber war Schreibers einziger Mitinsasse im *Oderblick.* Ein untersetzter Kerl ohne Hals, den sie, wäre er im Kohlenpott rumgeturnt und nicht tief im Osten, einen laufenden Quadratmeter genannt hätten. Der Mittdreißiger stapelte das, was er für seine Hälfte des Frühstücksbüfetts hielt, auf den Teller und walzte auf Schreibers Tisch zu. »Stör ick?«

Schreiber klappte die *Märkische Oderzeitung* zu. »Nicht wirklich.« Wenn er etwas hasste, dann waren es Menschen, die ihm beim Frühstück die Kaffeetasse voll quatschten.

Der Kompakte hatte kein Gespür für die eiskalte Aura, die der Reporter zu verbreiten versuchte, oder er ignorierte sie. Breit und bräsig pflanzte er sich an Schreibers Tisch und begann den Turm auf seinem Teller abzutragen. Butter, Käse, Eier, Wurst, Marmelade, dazu vier Brötchen und eine Kanne Kaffee.

»Det muss reichen bis heut Abend«, erklärte er, »mittags kriejick ja nüschte. Und an die Leichen klebt och keen Fleisch mehr, wa.«

Schreiber nahm sein Käsebrötchen aus dem Gesicht und nippte am Kaffee. »Was erzählen Sie da für Geschichten am frühen Morgen?«

Sein neuer Kumpel reichte ihm die fleischige Pfote über den Tisch. »Jestatten, Horst Kaufhold, Leichenbuddler bei der Kriegsjräberfürsorje. Meine Freunde sagen Hotte zu mir.«

Schreiber drückte den Klumpen, nannte Namen und Job.

»*Magazin-TV?* Komm ick im Fernsehen?«, fragte der Totengräber und strich sich über den Stoppelschnitt.

»Nä, Hotte, ich arbeite für das Wochenblatt.«

»Schade. Ha'ck mer scheen vorjestellt: Hotte mit seene Skelette im Fernsehn. Wat meenste, wat meene Kumpels in Schweineöde jlubschen würden.«

Aus Berliner Tagen wusste Schreiber, dass mit Schweineöde der Ostberliner Stadtteil Schöneweide gemeint war, ein Kiez, der Bottrop an Liebreiz kaum nachstand.

»Jetz mal eins nachem andern, Hotte. Erzähl mal langsam und zum Mitschreiben, was du hier eigentlich treibst.«

»Ich such Leichen. Tote Soldaten aussem letzten Krieg. Deutsche und Russkis. Hier liegt alles voll davon. Du kannst praktisch kein Spaten in die Erde stechen, ohne ein Knochen zu treffen, wa. Det war Hauptkampfjebiet hier. Schlacht um die Seelower Höhen, wenn dir det wat sagt. Dreiunddreißigtausend Russen sind hier jefallen. Fünftausend Polacken. Die Deutschen hat keener jezählt und anständig bejraben ooch nich. Unter Walter und

Erich warn det ja allet Nazis jewesen. Ausjebuddelt aus die Massenjräber und beerdigt wie Christenmenschen wurden die nich. Det mach jetzt icke.«

»Hört sich nach Lebensstellung an.«

»Wäret eijentlich ooch. Wenn det Jeld nich wär. Det hamse nämlich nich jenug. Im Sommer is Sabbat für Onkel Hotte im Oderbruch.«

Der Totengräber wuchtete sich hoch und ließ sein drittes Frühstücksei in der Hosentasche verschwinden. »Für den kleenen Hunger zwischendurch, wa.«

»Und wie sieht dein Programm für heute aus?«

»Erst runter zum Fluss, det Zwischenlajer inspizieren, und denn wie immer: buddeln für Deutschland. Im Aujenblick jraben wer auffem Truppenübungsplatz.«

»Hast du was dagegen, wenn ich mir das mal angucke?«

»Wenn de leichenfest bist.«

Sie trafen sich auf dem Parkplatz. Schreiber kurvte hinter Hottes Pick-up runter zur Oder. Vor einer Art Bootshaus hielten sie an. Der Totengräber kramte einen Schlüsselbund, der jedem Gefängniswärter zur Ehre gereicht hätte, aus seinem grauen Zivilschutzparka, fingerte den rostigsten aller Schlüssel ins Schloss. Kreischend öffnete sich die Tür. Hotte tastete nach dem Schalter. Eine Glühbirne funzelte auf.

Schreiber trat ein. Sein Schuh stieß gegen einen Karton. Rippen rasselten darin, Bruchstücke von Röhrenknochen, gesplittertes Gebein.

»Det is meene Krabbelkiste«, sagte Hotte, »Zeugs, wat zu keem von die Kameraden hier passt.«

Er zog eine der Pappschachteln aus dem Regal an der Stirnwand. Die Kiste war nicht viel größer als ein Schuhkarton. Sie enthielt einen ganzen Menschen, oder das, was Generationen von Oderbruch-Würmern davon übrig gelassen hatten. Schädelknochen samt Unterkiefer, Rückenwirbel en masse, Rippenbögen, Röhrenknochen, die einmal in Armen und Beinen gesteckt hatten.

»Wat meenste, Fritz oder Iwan?« Hotte Kaufhold sah den Reporter mit einem Kommst-du-eh-nicht-drauf-Blick an.

Schreiber betrachtete das Skelett. Die arme Sau hatte vor bald sechzig Jahren ins Gras gebissen. Für Führer, Volk und Vaterland auf verlorenem Posten verheizt. Oder ganz am Ende des Großen Vaterländischen Krieges, achtzig Kilometer vor Berlin, geopfert, weil Georgij Schukow unbedingt erster Sowjet-Marschall am Brandenburger Tor sein wollte. Weiterleben hätten beide gern gewollt.

»Soldaten sind sich alle gleich.« Biermann, den alten Schaumschläger, zitierte Schreiber nur, um ihm im zweiten Halbsatz zu widersprechen. »Lebendig nicht, aber als Leich.«

Der Totengräber holte den Schädel aus der Kiste. Der Unterkiefer klappte herunter wie beim Krokodil im Kasperltheater. »Hier, fühl ma, Langen.«

Er nahm Schreibers Zeigefinger und rieb ihn über die Kaufläche der Backenzähne. »Und? Wie fühlt sich det an?«

»Ziemlich glatt. Der kaut auf den Felgen. Muss ein alter Knacker gewesen sein. Bei Tieren kannste auf die Art das Alter bestimmen. Wenigstens grob.«

»Mit Alter hat det nix zu tun. Hier, fühl mal bei dem.« Er zog einen Karton aus einem anderen Regal und hielt Schreiber eine neue Kauleiste hin. Die Backenbeißer zackten wie der Alpenhauptkamm.

»Nach meiner Theorie müsste der eindeutig jünger sein.«

»Quatsch mit Soße. Det sind junge Burschen. Hier

ham fast nur Jungscher jekämpft. Det Erste war 'n Russe. Ditte hier is 'n Deutscher. Nu willste ooch noch wissen warum, wa?«

Der Totengräber sah den Reporter triumphierend an. »Bei die Sowjets hat det nie jeklappt mit Verpflegung. Die kam nie nach. Deshalb hatte der Iwan immer ein Säckchen mit Sonnenblumenkernen dabei. Die hat der jekaut, wenn er Hunger hatte. Also quasi immer. Und davon sind die Backenzähne glatt wie 'n Kinderarsch jeworden. Da kannste jeden Rotarmisten dran erkennen. Todsicher.«

»Gut zu wissen.«

»Brauchste jar nich so blöd zu grinsen! Die Kameraden kommen nämlich unterschiedlich zu liejen. Der Iwan uffen Russenfriedhof in Busow und der Fritz uffen deutschen Soldatenhain in Lietzen. Jetzt stell dir det Tuwabuwa vor, wenn die hier keen Profi als Umbetter hätten.«

Niemand mag gern mit der Nase in den tieferen Unsinn seines Treibens getunkt werden. Auch Schreiber nicht. Er verkniff sich weitere Bemerkungen und hörte Hotte zu, der über Identifizierungsmöglichkeiten bei Verwesten referierte. Muffig roch es in diesem Schuppen, feucht wie der Fluss und ranzig wie die Militärstiefel, die in Reih und Glied unter den Regalen angetreten waren. Deutsche links, Russen rechts. Der Reporter war froh, als der Icke die Bude von außen abschloss.

Ostwind kräuselte die Oder. Den Nebel der letzten Tage hatte er weggeblasen. Es roch nach Schnee. Schreiber trug Fleece unter der Wachsjacke und fröstelte trotzdem. Dies war sein dritter Tag an der Ostfront und er hatte noch immer keinen Halt an der Geschichte. Vitzewitz und der Wolf, die Story, wegen der er gekommen war, schwächelte stark. Da hatte Barthelmus leider Recht.

Der Typ, der dem Wolf die erste Kugel verpasst hatte, würde wahrscheinlich auch nicht im *Oderblick* vorsprechen, um dem Hamburger Reporter sein Herz auszuschütten. Dann war da noch der arme Martmann, den es bei der Gänsejagd erwischt hatte, und ein mysteriöser toter Pole vom letzten Jahr. Hotte hätte dieses Durcheinander für ein ziemliches Tuwabuwa gehalten.

Schreiber schob die Hände in die Taschen seiner Jacke. »Nimmst du mich mit zum Buddeln, Totengräber?« Einfacher als mit Kaufhold würde er nicht auf den Truppenübungsplatz kommen. Und etwas Besseres, als den Tatort dort zu besichtigen, fiel ihm auf die Schnelle nicht ein.

»Zutritt für Unbefugte strengstens verboten!« Hotte rollte die Augen, machte eine Pause. »Eijentlich.« Er feixte. »Am besten du legste dir mit den Fiffi hinten druff. Da kuckt keener drunter, wa. Aber sag dem Köter, dat er die Schnauze hält.«

Er knebelte die Plane von der Ladefläche des Pick-ups, Schreiber hob Goethe über die Bordwand und kletterte hinterher. Der Umbetter zog ihnen das Verdeck über die Ohren. Es wurde dunkel. Zwischen Picken und Schaufeln kuschelten Herr und Hund.

Nach einer halben Stunde Geratter bremste der Wagen. »Ruhe, Goethe«, flüsterte Schreiber, weil er nicht sehen konnte, dass der Weimaraner in seinen Armen fest schlief. Nach einem unverständlichen Wortwechsel setzte sich der Wagen wieder in Bewegung. Noch eine Viertelstunde hoppelten sie über Buschpisten, dann erlöste Hotte die blinden Passagiere.

Der Wagen parkte auf einer Lichtung im Kiefernwald. Brombeerburgen wucherten am Weg. Brauner Farn, vom Frost geknickt und an die Erde gedrückt, bedeckte den

Rest. Ein Buchfink schlug im Altholz. Zwei Töne in einer Endlosschleife. Der Vogel ließ sich auch vom Knattern der Gewehre nicht stören. Jenseits des Waldes tobte der Kampf um die Weltherrschaft. Gut gegen Böse. Oder Rot gegen Blau. Schreiber kannte sich da nicht so aus. Er hatte den Kriegsdienst zu Zeiten verweigert, als pazifistische Gewissensbisse noch von einer Prüfungskommission begutachtet wurden, und auch später kein tiefes inneres Verständnis für das Treiben des Militärs entwickelt.

Vor Kaufholds Geländewagen war ein Kleinbus abgestellt. Ein halbes Dutzend Männer und Frauen saßen darin. Genaueres war nicht zu erkennen, weil Zigarettenqualm sich in der Kiste staute wie Küstennebel. Hotte klopfte gegen die Scheibe beim Fahrersitz. Das Glas versank in der Tür.

»Morjen, Goiko. Truppe vollständig angetreten?«

Der Typ hinter dem Lenkrad nickte. Sein schwarzsilbriges Haar hing in zwei Zöpfen auf seiner Brust, ein Band umrundete seinen Kopf. Trotz der Kälte trug er ein Lederhemd, aus dessen V-Ausschnitt Brusthaar kringelte. Seine Beine steckten in speckig grauen Lederhosen. Fransen flatterten die Beine entlang, als der Mann ausstieg. Geräuschlos glitt er auf Schreiber zu. Mokassins, dachte Schreiber, der Bursche trägt Mokassins. Das tat er tatsächlich.

Der Möchtegernindianer hieß vorne Erwin und hinten Kawulke.

»Quatsch mit Soße«, rief Hotte. »Bei mir heeßt der nur Goiko. Goiko Mitic kennste nich, Schreiber, wa? Det war der Jugo, den die DEFA uns als Indianer verkooft hat. Winnetous roter Bruder, sozusajen. Der Pierre Brice der DDR. Sah jenauso aus wie Erwin hier. Na ja, fast.«

Schreiber hatte keine Ahnung von DDR-Western und ertrug die Inhaltsangaben dreier Streifen, die Hotte, von Goiko Kawulke ab und an korrigiert, zum Besten gab, mit interessiertem Gesicht.

Der Rest der Truppe war inzwischen ebenfalls aus dem Wagen geklettert, hatte Schüppen und Hacken genommen und pickelte lustlos in einem Graben herum.

»Die ham Angst vor Blindgängern.« Hotte holte einen Knallfrosch aus der Parkatasche, zeigte ihn Schreiber, schlenderte unauffällig zu seinen Leuten und ließ den angebrannten Kracher in den Graben fallen. Beim ersten Knall zuckten die Leute zusammen, beim zweiten rasten sie aus dem Erdloch, beim dritten warfen sie sich ins Farnkraut.

Der Umbetter war begeistert. »So schnell würd ick euch jerne uff Arbeit sehn«, trompetete er, als die Salve verpufft war.

Schreiber betrachtete die Rothaut, die kopfschüttelnd beim Bus stand. Kawulkes Zöpfe baumelten vor der Brust. Der Mann war vielleicht Mitte vierzig, eigentlich zu alt für Albernheiten. Aber er strahlte etwas ab, das nicht nach Kostümverleih roch. Vor Jahren war Schreiber mal bei einem Indianertreffen in Dortmund gewesen. Die Amateurapachen hatten für ein Wochenende den kompletten Campingplatz gemietet, ihre Tipis aufgebaut und Shit aus Friedenspfeifen geraucht, bis die Geister der Ahnen gekommen waren.

Der hier war anders. Kawulke trug sein ledernes Zeug wie eine zweite Haut. Nichts Aufgebrezeltes war an ihm, keine Porcupinestacheln im Haar, keine Bärenkrallen am Hals. Gummiringe hielten seine Zöpfe zusammen. Sein Stirnband war aus Frottee.

Schreiber nahm den Indianer beiseite. »So wie Sie aussehen, kennen Sie sich hier im Wald aus, oder?«

Goiko nickte nur. Der Reporter erzählte ihm von dem Wolf und der Geschichte, die er darüber schreiben wollte. Ob er ihm nicht den Ort des Geschehens zeigen könne, fragte er. Goiko sah Schreiber ziemlich lange ziemlich indianisch an, nickte wieder, drehte sich um und wieselte in den Kiefernwald.

Schreiber hatte Mühe, dem Lederstrumpf zu folgen. Er stolperte über Totholz, blieb an Brombeeren hängen, Erlenzweige peitschten ihm die Mütze vom Kopf. Bei Regen sind Wachsjacken eine gute Sache. Wenn man sich darin anstrengt, werden sie leider zur Mobilsauna. Schreiber war klitschnass, als Häuptling Flinker Fuß endlich vor einem Wassergraben stehen blieb.

»Hier.« Kawulke zeigte auf eine zertrampelte Stelle am Ufer und dann Richtung Wald. »Da.«

Schreiber entdeckte den Hochsitz, auf dem Vitzewitz gehockt haben musste, zwischen den ersten Buchen.

»Und was meinen Sie, wo der Wolf hergekommen sein könnte?«

Goiko hatte es nicht mit dem Reden. Er drehte sich um und glitt ins Erlenholz. Nach zwanzig Metern blieb er wieder stehen. Mit viel gutem Willen konnte man auf dem Boden eine Stelle erkennen, auf der ein Tier gelegen hatte. Die Laubschicht war hier dichter als rundum, und als sein roter Bruder mit dem Finger darauf zeigte, sah auch Schreiber den braunen Flecken auf einem Erlenblatt. »Blut?« Kawulke nickte und drang weiter ins Bruch vor. Er ging langsam, blickte auf den Boden, bückte sich und wies den Reporter auf neue Blutstropfen hin. Ein Schweißhund hätte es nicht besser machen können.

Nach zwei weiteren Fundstellen lagen die Erlen hinter ihnen. Ein Buchenaltholz schloss sich an, silberne Pfeiler auf rotbraunem Grund, das Kronendach ein gotisches Gewölbe. Goiko beschleunigte. Nach hundert Metern verschluckte ihn eine Fichtendickung. Schreiber war noch zwanzig Schritte davon entfernt, als ihm ein Schrei ins Genick fuhr.

»Halt, Bundeswehr, stehen bleiben.«

Schreiber erstarrte. Ein metallisches Ratsch-Klack, das er nur zu gut kannte, drang an sein Ohr. Jemand lud ein Gewehr durch. Goethe drehte den Kopf und knurrte.

»Keine Mätzchen mit dem Hund, Mann!«

Auf Schreibers »Down« sackte der Weimaraner zusammen.

»Umdrehen!«

Schreiber tat, wie ihm geheißen. Zehn Meter vor ihm unter den Buchen standen zwei Bubis, die sich ganz anders verkleidet hatten als Goiko Kawulke. Sie trugen Springerstiefel, Parka, Hose und Eisenhut, laubfarben gefleckt. Ihre Milchgesichter hatten die Jungs eingeschmiert, als ob sie den Othello in einer Laienspielschar geben wollten. Schreiber hätte herzlich gelacht, wenn die Waffen nicht gewesen wären. Die Burschen hielten G 36er von *Heckler & Koch* in den Händen. Deren Mündungen zeigten auf den Reporter. Kleine, runde, ekelhafte Löcher, die den Tod ausspuckten. Wenn fickrige Finger am Abzug spielten und scharfe Munition im Magazin war. Testen mochte Schreiber das nicht. »Gehen Sie bei Waffen sicherheitshalber immer vom schlimmsten aller Fälle aus«, hatten sie ihm vor der Jägerprüfung eingebimst.

»Würde es Ihnen was ausmachen, das Gewehr um fünfundvierzig Grad nach links oder rechts zu schwenken,

Kameraden?«, fragte Schreiber. »Sie wären dann immer noch schnell genug im Ziel, wenn ich mich auf Sie stürzte.«

»Ich bin nicht Ihr Kamerad«, sagte der Kleinere. Wo er Recht hatte, hatte er Recht. Die Soldaten machten keine Anstalten, die Läufe ihrer Vollautomaten wegzudrehen. »Können Sie sich ausweisen?«, fuhr der Kleine Schreiber an. »Sie befinden sich im militärischen Sicherheitsbereich.«

»Da macht man einen harmlosen Waldspaziergang mit dem Hund und wird mit vorgehaltener Waffe abgeführt wie ein Schwerverbrecher.«

»Haben Sie die Schilder nicht gesehen, Mann?«

»Wo ich herkomme, war kein Schild.«

»Das können Sie gleich dem Wachhabenden erzählen.«

Der Soldat nestelte ein Walkie-Talkie aus dem Parka und morste seinen Chef an. »Obergefreiter Jansen. Wir haben hier eine verdächtige Person an der Gabelbirke, Herr Stabsunteroffizier.« Dann hörte er eine Weile zu und quittierte die Antwort. »Die holen den hier ab«, erklärte er seinem Kumpel.

Schreiber fügte sich in sein Schicksal und starrte auf die Fichtendickung, in der Kawulke verschwunden war. Wahrscheinlich hockte Goiko da drin und lächelte indianisch. Der Kerl wusste mehr. Der Spur des Wolfes war er mit solcher Sicherheit gefolgt, dass es nicht das erste Mal gewesen sein konnte. Der war die Fährte schon einmal ausgegangen. Wahrscheinlich bis zu der Stelle, wo den Wolf die erste Kugel getroffen hatte.

»Wen habt ihr denn da, Jansen?« Zwei ungetarnte Angehörige des Trachtenvereins sprangen aus dem Mercedesgeländewagen.

»Den Mann haben wir im Gelände aufgelesen. Wollte seinen Hund auf mich hetzen, der Kerl.«

Der Fahrer taxierte Schreiber, der den Kopf schüttelte und schnaufte. Wenn das so weiterging, war Goethes standrechtliche Erschießung unvermeidlich. Schreiber schaltete auf freundlich. »Ich bin ein harmloser Spaziergänger, der mit seinem Hund vom Wege abgekommen ist, Herr Kress.«

Der Soldat zuckte zusammen. »Woher wissen Sie meinen Namen?« Er warf Schreiber den Blick zu, den er für kubanische Spione auf Lager hielt.

»Der steht auf dem Schild an Ihrer Brust, Herr Kress.«

»Nun werden Sie mal nicht frech, Mann! Stellen Sie sich mit gespreizten Beinen an den Wagen. Die Hände oben ans Blech.«

Schreiber wand sich aus Goethes Umhängeleine und folgte dem Befehl. Die zwei Soldaten flankierten ihn, die Waffen im Anschlag. Kress klopfte ihn ab, fand aber nichts Ehrenrühriges.

»Steigen Sie ein! Wir bringen Sie zum Wachlokal.«

Schreiber hatte zwar keine Lust auf Behördengänge. Aber was sollte er tun? Der Mann hatte die besser bewaffneten Argumente. »Nicht ohne meinen Hund«, sagte er, erlöste Goethe aus dem Down und stieg mit ihm in den olivgrünen Offroader. Wenn der Gefleckte statt des G 36 einen zivilen Repetierer zwischen den Knien gehalten hätte, wäre er sich wie auf einem Jagdausflug vorgekommen.

Nach einer Viertelstunde Geholper hielten sie vor einer Baracke. Kress & Co waren sichtlich stolz auf ihren Fang. Mit militärischen Ehren eskortierten sie Schreiber ins Wachlokal, wo der Stabsunteroffizier, mit den Fingern auf den Schreibtisch trommelnd, wartete. Hier sitzt der wichtigste Kerl der Welt, sagte sein scharf geschnittenes Gesicht. Habichtsaugen begutachteten die Beute.

Mit dem Mann zu reden hatte keinen Sinn. Schreiber ließ den StUffz erst gar nicht zu Wort kommen. Er verlangte, dem General – »oder wie Ihr Häuptling sich schimpft« – vorgeführt zu werden, und verstummte.

»Holen Sie den Ovauwa, Kress«, zischte der Unteroffizier.

Der Soldat verließ die Bude und kehrte kurz darauf mit einem Offizier zurück. Der Mann kam Schreiber bekannt vor. Er täuschte sich nicht.

»Weidmannsheil, Herr Reporter!« Der Offizier war einer von Vitzewitz' Gästen auf der Gänsejagd. »Meine Leute berichten mir, Sie seien vom rechten Wege abgekommen.«

Schreiber grinste. »Geringfügig, mon général!«

»Oberleutnant, Herr Schreiber, Oberleutnant Knabe.« Er gab dem Reporter die Hand. In seinem Büro bot er Schreiber einen Platz auf dem blauen DDR-Sofa an.

»Was führt Sie zu uns, Herr Schreiber?«

Natürlich konnte Schreiber dem Offizier nicht die Mär vom verirrten Spaziergänger auftischen. »Ich wollte mir ansehen, wo der Wolf erlegt worden ist«, sagte er.

»Warum haben Sie uns nicht angerufen? Ich hätte Sie selbstverständlich hingebracht.«

»Weiß man's, Herr Knabe?«

»Und? Sind Sie fündig geworden?«

Schreiber nickte. »Vitzewitz hatte mir die Lage beschrieben. Ich hab auch das Wundbett des Wolfes gefunden. Nur danach ging's nicht weiter. Wissen Sie, was ich mich frage?«

Der Oberleutnant wusste es nicht. »Ich frage mich«, dehnte Schreiber, »warum Sie der Wundfährte des Wolfes nicht mit einem Schweißhund gefolgt sind. Mit ein bisschen Glück hätte der Sie zum Anschuss geführt. Genau dahin, wo der eigentliche Verursacher des ganzen Schlamassels saß. Der begnadete Weidmann, der den ersten Schuss auf das Tier abgegeben hat.«

Knabe, ein kleiner, drahtiger Kerl mit Igelschnitt, der in der Stirn spitz auslief, sah Schreiber überrascht an. »Eine umgekehrte Nachsuche«, sagte er, mehr zu sich selbst, »vom erlegten Wild zum Schützen. Keine schlechte Idee.«

»Und?«

»Wir sind nicht darauf gekommen, in der Aufregung, Herr Schreiber.«

»Vielleicht wollten Sie auch nicht darauf kommen.«

»Ich kann nur für mich sprechen. Ob von den anderen jemand denselben Einfall hatte wie Sie und ihn für sich behielt, fragen Sie die Herren am besten selbst.«

»Werde ich auch«, sagte Schreiber, wohl wissend, dass dabei außer Gedruckse nichts herauskäme.

Die Audienz beim Wachdienstoffizier war beendet. Knabe verzichtete generös auf eine Anzeige. Er brachte Schreiber zur Tür. »Vielleicht sieht man sich mal wieder auf der Jagd.«

»Nach Martmanns Tod ist doch wohl erst mal Schluss mit lustig.«

Der Oberleutnant lächelte fein. »Beim Militär gibt's einen alten Schnack, Herr Schreiber. Auf Einzelschicksale kann keine Rücksicht genommen werden.«

13

Schreiber war den ganzen Weg vom Truppenübungsplatz, der auf der Hochfläche über der Oder lag, zurück nach Busow gelaufen, bis runter zum Fluss, wo der Kangoo an

Hottes Beinhaus auf ihn wartete. Zwei Stunden Marsch, die erste immer an den Sperrschildern entlang. *All along the watchtower* hatte er dabei gesungen, ohne dass dadurch eine Besserung eingetreten war. Nur Goethe hatte seinen Spaß gehabt.

Als sie endlich im *Oderblick* anlangten, war die Mittagszeit vorüber, der Koch nach Hause gegangen und nur noch eine Soljanka zu haben. Jene im Osten allgegenwärtige ukrainische Suppe, von der der Kiewer KP-Chef, als sie ihm im *Palast der Republik* kredenzt wurde und die Augen der deutschen Genossen erwartungsvoll auf ihm ruhten, gesagt hatte: »Ich weiß zwar nicht, was das ist, towarischi. Aber es schmeckt großartig.« Schreiber, als Arbeiterkind aus dem Nachkriegs-Bochum eher Anhänger der Ochsenschwanzsuppe, lehnte dankend ab, vertröstete seinen Magen auf den Nachmittag. »Schönes Stückchen Obstkuchen, Tässchen Tee dabei, das wär doch was für dich.«

Herr und Hund zogen sich in ihre Gemächer zurück. Wer von beiden zuerst einschlief, blieb unklar. Als sie erwachten, war die Stunde, zu der in Busow der Tee serviert wurde, verstrichen. Vor dem Fenster schwarzes Nada. Schreiber machte Licht, goss Mineralwasser auf seine pelzige Zunge und stakste ins Bad. Der Mann im Spiegel sah zehn Jahre älter aus als er. »Kenn ich nicht, wasch ich nicht«, sagte Schreiber und tat es doch.

Zum Abendbrot hatte ihn Vera eingeladen. Wann aß man in Busow zu Abend? Brot hörte sich irgendwie früh an. Schreiber entschied sich für halb sieben. »Scheiße, nur noch eine halbe Stunde.«

Er warf Wasser an alle Körperteile, die zur Geruchsbildung neigen, und rubbelte sie trocken. Stäubte Puder unter die Achseln. Rückte dem Fünf-Uhr-Schatten mit dem Rasierer zu Leibe. Stieg in frische Unterwäsche. Hängte ein neues Hemd um. Polierte die englischen Treter. Ohne Mantel stürzte er aus dem Zimmer. Kehrte zurück, weil er auch den Hund vergessen hatte.

Im Vorbeifahren war ihm ein Blumengeschäft aufgefallen. Das steuerte er nun an. Die Frau wollte gerade dichtmachen, als er in den Laden stürmte. Viel Auswahl gab es nicht, wenn man von den Rosen absah, die er ums Verrecken nicht verschenken wollte. Schreiber entschied sich für einen Satz Astern und stürzte zurück ins Auto. Er wollte losfahren, wusste aber nicht wohin. Wo wohnte Vera? Keine Ahnung. Das Handy. Er klopfte sich nach dem Telefon ab. Nichts. Riss den Mantel von der Rückbank und wühlte die Taschen durch. Fand es schließlich. Wählte 11833 und erhielt, als der Herr den Ort Busow gefunden hatte, die erschöpfende Auskunft, dort gäbe es keinen Eintrag Vera Koch. Schreiber stutzte mehrfach, bis ihm Gottschalk einfiel, der Sack, der ihm Vera weggenommen hatte. Eine Vera Gottschalk gab es in Busow. Der Telekomiker nannte Nummer und Adresse. Der Kangoo schoss runter zum Fluss, bog nach rechts, hielt vor einem der Fischerhäuschen. Warmes Licht hinter allen Fenstern. Schreiber warf einen prüfenden Blick in den Rückspiegel, fand sich passabel für über fünfzig. Er grabschte die Blumen vom Beifahrersitz, nahm die Hündin ans Tau, ging zur Haustür und klingelte. Im letzten Moment zerrte er das Papier von den Blumen und warf es seitlich in die Büsche. Dann ging die Tür auf.

»Guten Abend, Herr Schreiber.« Vitzewitz stand im Rahmen und grinste. »Die Blumen sind sicher nicht für mich, oder?«

»Nicht wirklich«, sagte Schreiber.

»Vera bat mich zu öffnen. Sie kämpft in der Küche mit der Gans. Kommen Sie doch rein.« Der Baron half Schreiber aus dem Mantel und hängte ihn weg.

Innen wirkte Veras Bude überraschend groß. Sie schien alle Zwischenwände herausgerissen zu haben, um Luft zu bekommen für ein Klavier, einen Holztisch mit sechs Stühlen und das Ledersofa, das Schreiber aus dem Katalog eines unmöglichen Möbelhauses kannte. Am anderen Ende des Raumes werkelte Vera in einer offenen Küche. Ihre Backen glühten, sie zog den Pulli ein Stück vom Hals und blies eine Brise in den Ausschnitt. Schreiber ging zu ihr und gab ihr die Blumen. Sie küsste die Luft neben seinem Ohr.

»Lewin, kannst du mir mal eben die Vase von der Fensterbank bringen?« Lewin konnte. Schreiber staunte.

Auf der Suche nach einem Gesprächsgegenstand stieß er aufs Essen. Er hockte sich vor den Herd und besah die garende Gans. Das Tier lag auf dem Rücken, streckte das, was an ihren Beinen noch dran war, gen Himmel. Fetttröpfchen beperlten die Brust, tauchten auf, zerflossen. Am Boden der Saftpfanne schmurgelten die üblichen Verdächtigen: Möhren, Porree, Sellerie.

»Erwartest du noch andere allein stehende Herren, Vera?« Wieder einer dieser Sätze, die unkontrolliert aus ihm herausfielen wie Äppel aus einem Pferdearsch. Vitzewitz warf Vera einen raschen Blick zu. Sie schüttelte kaum merklich den Kopf.

»Wieso fragst du? Reichen wir dir nicht?«

»Doch, doch. Ich fragte mich nur, ob wir der Gans reichen. Sollen wir zu dritt diesen Flugsaurier verputzen?«

»Hör dir den Typ aus Hamburg an, Lewin. Keine Ahnung von Pflanzen- und Tierproduktion, aber das große Wort führen.« Vera klang einen Tick zu forsch.

»Wildgänse sind hohle Vögel«, dozierte sie. »Zwei Keulen, eine kleine, feste Brust, der Rest ist Haut und Knochen. Nur zahme Gänse werden fett.«

»Wie im richtigen Leben.« Ihm fiel selbst auf, dass auch dieser Satz grenzwertig war. Vera hatte seit damals ein bisschen zugelegt. Schreiber mochte mollige Frauen. Warum sagte er dann solche Sätze? Wenn er so weitermachte, eventuell noch zwei Bier dazu trank, redete er sich um Kopf und Kragen.

Der Reporter holte tief Luft. Dies ist ein Job, teilte er seinem inneren Schweinehund mit. Jot – o – be. Du willst über Wölfe im deutschen Osten schreiben und hast den verdammten Dusel, mit dem Burschen, der den Wolf abgeknipst hat, und der Bürgermeisterin seines Kaffs einen entspannten Abend verbringen zu können. Und was machst du? Benimmst dich wie ein Gockel, dem ein anderer Hahn in die Quere gekommen ist. Wie alt bist du eigentlich, Schreiber? Anfang zwanzig oder Anfang fünfzig? Das mit Vera ist zwölf Jahre her. Vergiss es! Du kannst die Vergangenheit nicht wiederholen, auch wenn Dylan das Gegenteil behauptet. Dies ist das richtige Leben und kein Rocksong.

Er kam aus der Hocke und sah Vera so freundlich an wie den Rest seiner Kundschaft. »Wahrscheinlich hast du eine leckere Füllung für den Vogel erfunden.«

»Die brauchte ich nicht zu erfinden. Äpfel, Kartoffeln und Majoran. Hab ich von meiner Mutter. Und wahrscheinlich hat die's von ihrer.«

Die Gans brauche noch eine halbe Stunde, meinte Vera. Sie holte drei Flaschen Bier aus dem Kühlschrank und setzte sich zu Vitzewitz an den Esstisch. Schreiber hockte sich dazu.

Vitzewitz nahm einen Hieb Bier aus der Flasche, als Vera den Männern zuprostete. Es sah nicht so aus, als ob er das zum ersten Mal machte. Das *Frankfurter* gluckerte störungsfrei in den Bauch des Barons. Schreiber staunte schon wieder.

»Ich hörte, Sie hatten einen Zusammenprall mit den bewaffneten Organen.« Vitzewitz lächelte Schreiber über die Bierflaschen hinweg an.

»Die Buschtrommeln funktionieren nicht schlecht in Busow.«

»Glauben Sie's oder nicht, Herr Schreiber. Es gibt hier schon Telefon. Knabe hat mich, nachdem Sie weg waren, natürlich gleich angerufen und von Ihrer Idee mit dem Schweißhund erzählt. Sie haben dem Guten mächtig imponiert.«

»Ihnen nicht?«

»Ich hatte dieselbe Idee, als ich vor dem toten Wolf stand.«

»Und?«

»Ich habe sie für mich behalten.«

Schreiber fand das erklärungsbedürftig. »Sie verwirren mich zusehends, Baron.« Er goss Bier nach.

Auch Vitzewitz setzte die Flasche an, trank diesmal nur ein Schlückchen. Er schlug die Beine übereinander und verschränkte die Arme vor dem Bauch. »Für mich geht es um mehr als einen toten Wolf«, sagte er und starrte in die unendlichen Weiten des Wohnzimmers. »Schauen Sie, Herr Schreiber. Als ich hier nach der Wende aufgetaucht bin, war ich für viele das Feindbild schlechthin. *Die Junker kehren zurück. Adelsspross aus dem Westen will*

Bodenreform rückgängig machen, schrieben Ihre Kollegen damals. Nicht nur die vom *Neuen Deutschland*. Ich habe zehn Jahre gebraucht, um die Leute vom Gegenteil zu überzeugen. Als die Busower mich morgens um sechs in Gummistiefeln in den Kuhstall eilen sahen, hielten sie das anfangs für reine Show. Damals hat sich bei mir ein Arbeitsloser beworben. Wissen Sie, was der werden wollte? Mein Chauffeur.« Vitzewitz kicherte. »Meine Mutter hatte mich gewarnt. Lewin, hat sie gesagt, du kannst überall hingehen im Osten. Ich finde das auch gut. Aber nicht nach Busow. Da bist du nicht der junge Landwirt aus dem Westen, der eine Zukunft sucht. Ob du willst oder nicht: In Busow bist du der Rittergutsbesitzer von Vitzewitz. Die Vergangenheit holt dich ein, Lewin. Fünfhundert Jahre lang hat unsere Familie im Oderbruch ihre Spuren hinterlassen. Daran kannst du nichts ändern.«

»Kluge Frau, Ihre Mutter.«

Vitzewitz zog die Schultern hoch. »Wie man's nimmt. Ich glaube, ganz so schlecht ist es für mich nicht gelaufen in den letzten Jahren, oder?« Er sah die Bürgermeisterin fragend an.

Fishing for compliments, dachte Schreiber. Wenn dieser tastende Ton nicht mitgeschwungen hätte. Unsicherheit, die hinter den Wörtern nistete wie Spatzen hinter der Dachrinne.

Vera schnaufte. »›Nicht ganz so schlecht‹ ist wirklich gut, Lewin. Du hast bei der letzten Gemeinderatswahl die meisten Stimmen gekriegt. Mehr als ich. Was übrigens nicht unbedingt nötig gewesen wäre. Was willst du eigentlich noch?«

»Geliebt werden«, sagte Schreiber, »Männer wollen immer geliebt werden.« Die beiden Busower sahen ihn an und merkten, dass Schreiber es ironiefrei gemeint hatte. Der Reporter bekam rote Ohren.

»Wir sind vom Wolf abgekommen«, sagte er schnell. »Kann mir mal einer der anwesenden Dorfpolitiker erklären, was die Kommunalwahl mit dem Wolf zu tun hat?«

Vitzewitz konnte. »Kommunalwahlen sind Gradmesser für die Akzeptanz im Dorf. Stellen Sie sich vor, ich hätte unsere gemeinsame Idee in die Tat umgesetzt, Herr Schreiber. Ich wäre mit dem Hundeführer der Schweißfährte des Wolfs gefolgt. Bis zu der Stelle, an der ihn der erste Schuss getroffen hat. Direkt vor der Kanzel, auf der vielleicht ein arbeitsloser Landarbeiter aus Busow gesessen hat. Solche Leute gibt es nämlich auch in unserer Jagdgesellschaft. Der Mann wäre seinen Jagdschein los, hätte ein Strafverfahren am Hals. Und derjenige, der ihn hingehängt hätte, das wäre ich.«

Vitzewitz schüttelte den Kopf und strich die Strähne aus der Stirn. Sie fiel sofort zurück. »Den Busowern geht der tote Wolf links am A vorbei. Aber ob der junge Vitzewitz einen von ihnen vor den Kadi bringt, das interessiert die Leute brennend.« Er nahm noch einen Schluck. »Dass die kleinen Tierfreunde aus Berlin ...«, Vitzewitz blickte Schreiber voll in die Augen, »... oder Reporter aus Hamburg mich für einen blutrünstigen Killer halten, damit kann ich leben.«

»Ich glaub, die Gans ist gar, Jungs.« Vera stand auf und flitzte zum Herd. »Schreiber, du deckst den Tisch! Lewin tranchiert den toten Vogel.«

Als alles parat war, hockten sie wieder am Tisch. Schreiber legte Vera auf Verlangen eine Keule vor. Aus den Augenwinkeln beobachtete er, dass Vitzewitz unterm Tisch die Hände gefaltet hatte. Den Kopf gesenkt, betete der Baron, kurz und lautlos. Dann bat er um ein Stück Brust und bekam sie. Kerzengerade saß er, die Serviette um den Hals geschlungen, und sezierte die Leiche mit kurzen, präzisen Schnitten. Gegen Vitzewitz kam Schreiber sich vor wie ein Kannibale. Er hatte zu Hause eine Menge Sachen gelernt, die ihm durchs Leben halfen. Vollendete Tischsitten gehörten nicht dazu.

Veras Umgang mit der Keule war auch eher rustikal. Nachdem sie die leicht zugänglichen Fleischstücke abgesäbelt hatte, nahm sie den Knochen in die Hand und fieselte ihn mit den Zähnen ab. Ihre Lippen verloren das Kunstrot, glänzten stattdessen vor Gänsefett. So versunken war die Bürgermeisterin in ihr Nagen, dass sie nicht einmal die Blicke der Männer bemerkte, die an ihren Lippen hingen. Als Schreiber mitbekam, wohin Vitzewitz sah, wandte er sich abrupt der Gans zu. Der Vogel schmeckte wirklich nicht schlecht. Festes Muskelfleisch, trainiert auf tausenden Flugkilometern zwischen Sibirien und Seelow. Die Ingredienzien, die Vera der Gans hinten reingeschoben hatte, machten das Mahl zum Genuss.

»Schlicht und ergreifend«, lobte Schreiber und staunte, wie schnell sie mit dem Vogel fertig wurden.

Zum Kaffee gab es Grappa. Vera hatte tatsächlich Espresso gemacht. Vor zwölf Jahren, als Schreiber beim Westberliner Italiener nach den Nudeln zwei bestellt hatte, hatte er beide trinken müssen. Viel zu bitter fand die Frau aus dem Osten den Lavazza damals. Nun servierte sie ihn selbst, in einem Nest an der Oder. Schreiber wusste nicht, wie er das finden sollte. Damals nach den zwei Espressi in Berlin hatte er die ganze Nacht wach gelegen. Vielleicht nicht nur wegen des Kaffees.

»Was soll das eigentlich für 'n Artikel werden, Hannes?

Lewin und der Wolf, oder was?« Vera kratzte den Restzucker aus der Tasse und leckte den Löffel ab.

Schreiber brauchte einen Moment, um seine Erinnerungen einzupacken. »So war's geplant. Bis diese Geschichte unter der Last der Recherche zusammenbrach. Wie soll ich aus diesem Vitzewitz einen – wie war die Formulierung gleich? –, ach ja, einen blutrünstigen Killer machen?«

Vitzewitz sagte: »Papier ist geduldig.«

»Noch 'n Mafia-Trester, Baron?« Schreiber hielt die Grappapulle hoch. Vitzewitz nickte, Vera auch. Nach dem Verzehr schüttelten sie sich wie nasse Hunde.

Quasselwasser. Sein Vater hatte Schnaps immer Quasselwasser genannt. Schreiber streckte sich auf dem Stuhl, dass nur Hintern und Hals das Holz berührten. Die Arme verschränkte er hinter dem Kopf. »*Lewin und der Wolf* ist zu eng«, dachte er laut. »Man muss das Thema weiter fassen. Mir geht, seit ich hier bin, Fontane nicht mehr aus dem Kopf. Die Stelle aus den Wanderungen, die er eurem Ort gewidmet hat. Busow oder der Tod! Der Schlachtruf, mit dem Slawen und Germanen um dieses Kaff gekämpft haben.« Er lachte in sich hinein. »Schwierige Entscheidung, Busow oder der Tod. Manche kriegen auch beides. Wie die Rotarmisten, deren Skelette mein Freund Hotte mir heute Morgen gezeigt hat. Kennt ihr übrigens die Nummer mit den abgekauten Zähnen?«

Vera verdrehte die Augen. »Hat dieser Verrückte deinen Finger etwa auch schon in die Schädel gesteckt? Gut, dass der Spuk im Sommer vorbei ist.«

Schreiber starrte gegen die Decke. »Busow oder der Tod. Was für eine Schlagzeile! Die Sowjetsoldaten, die die Seelower Höhen gewinnen und das Leben verlieren.

Der Wolf, der nach Westen will und erschossen wird. Die polnischen Gänse, die an Vitzewitz' Weizen naschen und zur Strafe von uns verspeist werden. Weidgenosse Martmann, der im heldenhaften Abwehrkampf gegen die östlichen Tiefflieger den Kopf verliert. Der Pole, der über die vereiste Oder kommt und erschossen wird. Der Tod ist allgegenwärtig in Busow.«

In solchen Momenten fand Schreiber sich großartig. Grübeln hatte ihm noch nie weitergeholfen. Oft rumorte es tagelang in ihm, ohne dass er das Gefühl in klare Gedanken fassen konnte. Reden, er musste reden, damit der Mulm Gestalt annahm. *Am Anfang war das Wort.* Der erste Vers aus dem Johannesevangelium. Schreiber war einmal ähnlich evangelisch gewesen wie Vitzewitz. Im frühen siebzehnten Jahrhundert.

Nach ihren Gesichtern zu urteilen, fanden die beiden Einheimischen den Reporter im Augenblick nicht halb so toll wie er sich selbst. Vitzewitz sah ihn mit hochgezogenen Augenbrauen an. Er süffelte ein Grappapfützchen, das auf dem Boden seines Glases zusammengelaufen war. Vera pumpte sich auf, dass ihr Pullover an den kriegsentscheidenden Stellen beulte. »Hannes Schreiber«, sagte sie, »du hast immer noch eine blühende Fantasie.«

»Wieso Fantasie? Was ich aufgezählt habe, alles recherchiert. Bis auf den toten Polen im Eis.«

»Von wem hast du den?« Veras Amtsstimme.

Schreiber zitierte Zarah Leander: »Der Wind hat mir ein Lied erzählt.«

»Hoffentlich war's kein Windei.«

»Das musst du als Bürgermeisterin doch am besten wissen. Oder interessiert dich ein ermordeter Pole in deinem Kirchspiel nicht? Bringt keine Wählerstimmen, wie?«

Veras Augen wurden schmal. Die Fältchen, die ihr Lachen lustiger machten, gruben sich ins Gesicht wie Krähenfüße. Sie schob das Schnapsglas von sich weg. »Jetzt weiß ich auch, warum du den Jagdschein gemacht hast. Für deine Revolverschnauze hättest du eh einen Waffenschein gebraucht.«

»Nur nicht mit Grobheiten gegeizt, meine Herrschaften.« Der Baron schüttelte den Kopf, dass der blonden Strähne vor seiner Stirn schwindelig wurde.

»Halten zu Gnaden, Baron, dass wir für einen Moment die Contenance verloren. Das gemeine Volk neigt zu solchen Fauxpas.«

So, dachte Schreiber, jetzt hat der auch sein Fett weg. Erleichtert war er nur einen Moment. Dann schob er die Schnapsgläser zusammen, füllte sie mit dem Rest aus der Buddel, stellte jedem eins hin. Statt eines versöhnlichen Trinkspruchs, den er ohnehin nicht unfallfrei zu Wege gebracht hätte, brach er in einen heimatlichen Kampfruf aus. »Hau weg die Scheiße!«

Vitzewitzens Lewin und seine Amtsvorsteherin sahen sich erschrocken an, dann grinsten sie und tranken. Vera betrachtete das Glas in ihrer Hand wie ein seltenes Insekt. Sie drehte es zwischen ihren Pianistenfingern her und hin, versuchte, das Halogenlicht von der Decke darin einzufangen. Einmal gelang es ihr kurz. Ein Sternenstrahl blitzte auf.

»Für den toten Polen war ich nicht zuständig, Hannes. Ich bin nicht die Polizei, oder? Ich kenn den Fall mehr oder weniger aus der Zeitung. Und die haben auch nicht viel darüber geschrieben.«

»Das ist es ja gerade. Wenn das ein Germane gewesen wäre, der da tot auf dem Eis lag, hätten sich die Kollegen aus Frankfurt und Berlin tagelang die Finger wund geschrieben. Das schreckliche Verbrechen. Die Arbeit der Mordkommission. Sachdienliche Hinweise aus der Bevölkerung. Auch die Bürgermeisterin steht vor einem Rätsel. Home-Story bei den Hinterbliebenen. Wir vermissen unseren Karl so sehr. Das volle Programm. Zwei Wochen rauf und runter. Meinst du, den Jerzy Polakowsky vermisst keiner?«

»Weiß ich nicht.«

»Dann krieg's raus. Besorg dir den Namen von dem toten Polen. Und wenn der aus der Nähe ist, fahr hin. Ich geb dir Geleitschutz, wenn du willst.«

»Und wofür soll das gut sein?«

»Habt ihr das, was euch von Polen trennt, nicht sinnigerweise mal Oder-Neiße-Friedensgrenze genannt? Zu DDR-Zeiten, mein ich. War sicher auch nur 'n Wort, aber wenigstens kein falsches. Bei uns faselten sie damals noch von den Grenzen von 1937. Jetzt erzählt hier jeder, was der Pole ihm gerade geklaut hat. Dem Hotelier das Gefrierfleisch aus der Truhe, dem Autohändler die Gebrauchtwagen aus dem Schaufenster, dem Förster das Schichtholz vom Waldweg. War alles der Pole als solcher. Und da fragst du mich, wofür das gut sein soll, sich um einen Polen zu kümmern, der vor deiner Haustür erschossen wurde.«

Schreiber musterte bedauernd die leere Grappa-Flasche. »Entschuldige, dass ich mich echauffiere. Ist eigentlich nicht mehr meine Art.«

»Hört, hört!«

»Den Parlamentsquatsch lass nach. Du weißt aus leidvoller Erfahrung, was ich von der Rolle rückwärts, die man gemeinhin Wende nennt, gehalten habe …«

»Nichts.«

»Genau. Wenn allerdings deutsche 89er Revolutionäre, die es nicht gegeben hätte ohne den Aufstand polnischer Werftarbeiter, wenn es solchen Leuten wurscht ist, dass der Pole zum Sündenbock für jeden Scheiß, der hier passiert, gemacht wird, dann ...«

Ja, was dann? Schreiber hatte den Faden verloren. Weil er nicht wirklich meinte, was er sagte. Im Innersten glaubte er, dass Fremdenfeindlichkeit und Wiedervereinigung zwei Seiten einer Medaille waren. *Kaum ist Deutschland wieder groß, geht der Scheiß von vorne los.* Das Graffito an einer Bochumer Eisenbahnunterführung hatte er zwar nicht gesprüht. Aus dem Alter war er raus. Aber der Spruch hätte von ihm sein können. An diesem Tisch im Osten, beim Grappa mit einer Exbürgerrechtlerin und einem in den Osten ausgezogenen Edelmann, glaubte Schreiber, gut daran zu tun, solche Weisheiten für sich zu behalten. Da verfiel er lieber in Schweigen.

Vera war aufgestanden. Sie wusch in der Küche das Gänsefett von ihren Händen und setzte sich ans Klavier. Klimperte unzusammenhängendes Zeug, aus dem sich langsam eine Melodie herausschälte. Verschnörkelt zuerst, hier ein Bögelchen zu viel, da eine doppelte Schleife. Als alles Überflüssige verklungen war, sang Vera. Das Lied von den wilden Schwänen. *Schwäne leuchtend weiß und schön.*

Schreibers Haut kribbelte sogar an den Beinen. Er hatte bisher nur Männer das Lied singen hören und offensichtlich das Beste verpasst. Veras Samtpfötchen-Alt ließ eine versunkene Welt an der Memel auferstehen, in der Mädchen Brautkränze banden und junge Burschen stolz und kühn zum Kampf hinauszogen. Bitterer Schmelz schwang in ihrer Stimme. Die Vergeblichkeit menschlichen Strebens. *Keiner ward mehr geseh'n im Jahr.*

Der letzte Akkord verschwebte. Niemand sagte etwas. Vera saß auf dem Klavierschemel und träumte in die Tasten. Vitzewitz hing Gedanken nach, die Schreiber nicht kannte. Der Reporter dachte an seinen Sohn.

»Also gut, Hannes. Ich kümmere mich um den toten Polen.« Vera setzte sich wieder an den Tisch. Sie strich mit der flachen Hand über das Holz, als ob es Falten geworfen hätte. Deckenlicht mattierte ihre Fingernägel, die sie kurz und flach abgeschnitten hatte. Sie trug zwei schmale unauffällige Eheringe an einem Finger, wie es die Witwen früher taten. Vera drehte sie in der Furche, die das Gold in ihren Ringfinger gegraben hatte, hin und her. Ohne Tricks bekommt sie die Dinger nicht mehr ab, überlegte Schreiber. Aber vielleicht wollte Vera das auch gar nicht.

»Wenn du Namen und Adresse hast, fahren wir zusammen rüber«, sagte der Reporter. »Ich war noch nie in Polen. Vielleicht hab ich was verpasst.«

»Vielleicht auch nicht.« Vitzewitz' Stirn kräuselte wie das Watt bei Ebbe. War der jetzt eifersüchtig? Schreiber staunte. Der Baron legte noch einen nach. »Du denkst an den Ball am übernächsten Samstag, Vera?«

Die Bürgermeisterin sagte nichs. Sie warf Vitzewitz einen raschen Musste-das-jetzt-sein-Blick zu und nickte.

Schreiber tat, als ob noch Grappa in seinem Glas wäre. Er hielt das Pinnchen an seine Lippen und wartete auf den letzten Tropfen, der nicht kam. »Nicht dass ich mich in anderer Leute Privatangelegenheiten mischen will …«

»I wo«, Vera. »Weit gefehlt«, Vitzewitz.

»… aber mein Beruf erzwingt manchmal indiskrete Fragen. Von welchem Ball reden Sie, Baron?«

»Vom ostelbischen Adelsball.« Er sagte das mit der Selbstverständlichkeit eines Kölners, der vom Karnevalszug spricht. »Seit der Wende treffen wir uns einmal im Jahr.«

»Wer ist ›wir‹?«

»Die Familien, die in den Osten zurückgekehrt sind. Plus ein paar andere, die früher hier gesessen haben. Wir sehen das nicht so eng.«

Schreiber verkniff sich ein Lächeln. »Wo wird das gesellschaftliche Ereignis stattfinden?«

»Im Schlosshotel in Wulkow. Gleich um die Ecke.«

»Mmmh«, brummte Schreiber. »Sehen Sie eine Chance für einen interessierten Arbeiterjungen aus dem Kohlenpott, an Ihrem Event teilzuhaben?«

Vitzewitz schüttelte den Kopf. »Leider nein«, säuselte er. »Es haben nur Mitglieder der Familien Zutritt. Keine Politiker, keine Presse.«

Schreiber kratzte sich am Kopf. »Wie kommst du denn dann dahin, Vera? Du bist doch auch nicht von Adel, oder?«

Die Bürgermeisterin starrte auf die Tischplatte und schwieg.

»Frau Gottschalk wird mich als meine Tischdame begleiten«, antwortete Vitzewitz für sie.

Vera sah auf, suchte Schreibers Blick und fand ihn nicht. Der Reporter beugte sich zu seinem Hund. Er blies Luft auf die Tasthaare neben der Nase. Goethe mümmelte wie ein Kaninchen. Nieste beim zweiten Mal. »Komm, du alter Schweinehund, wir gehen nach Hause«, sagte Schreiber und stand auf.

Vitzewitz wollte ihm in den Mantel helfen, aber der Reporter war schneller.

14

Mit dem besinnlichen Frühstück wurde es auch am nächsten Morgen nichts. Durch längeres, restalkoholbedingtes Liegenbleiben entging er zwar Hotte. Aber als Schreiber begann, den Sportteil der MOZ zu buchstabieren, bat ihn die Bedienung aus dem Frühstücksraum.

Das Telefon hing an der Wand neben der Theke. Warmer Mief von abgestandenem Bier. Kalter Kippenduft. Tagealter Männerschweiß. Morgens stinken alle Kneipen gleich.

Schreiber verschloss die Nase, wie wenn ihn der Stockschnupfen plagte, grabschte den Hörer und sagte, wie er hieß. Am anderen Ende meldete sich Meier ohne Tritt.

»Ich habe da was für Sie, Herr Schreiber«, sang der große Gänsejäger.

»Whas denn?« Mit von innen verriegelten Nasenlöchern hörte sich Schreiber an wie ein Engländer im Deutschkurs.

»Möchte ich nicht am Telefon besprechen. Können Sie nicht bei mir in Alt-Wusow vorbeischauen?«

»Whann?«

»Am besten gleich.«

Schreiber dachte einen Moment nach. Eigentlich hatte er mit dem Oderbruch-Indianer reden wollen. Aber ohne Hotte war an den nicht dranzukommen.

»Okay, Herr Meier. Who finde ich Sie?«

»Ich bin gar nicht zu verfehlen. Es ist das Schloss.«

Schreiber kehrte zu seiner Zeitung zurück, fand aber keinen Gefallen an dem Blatt. Die Bundesliga pausierte wegen des Winters. Skifahren hatte ihn noch nie interessiert.

Meiers Anwesen in Alt-Wusow konnte man mit etwas gutem Willen ein Schloss nennen. Oder wenn man es mit Vitzewitz' Kavaliershaus verglich. Im Prinzip war es ein besseres Gutshaus, ein weißer dreistöckiger Kasten mit gleichmäßig über die Fassade verteilten Fenstern. Allein der Park, der es umgab, machte richtig was her. Lange Blicke über weite Rasenflächen, Hügelketten aus Rhododendron, Säulentempel aus Sandstein. Im Frühling, wenn die Froststarre ihren Griff löste, musste dies ein verwunschener Ort sein.

Schreiber hatte den Wagen im Dorf geparkt, um sich dem Schloss auf die Art zu nähern, die seine Erbauer vorgesehen hatten: zu Fuß. Meiers Haus lag in einer Senke und sah deshalb von der Straße her kleiner aus, als es war. Mehr sein als scheinen. Schlieffens Wahlspruch für preußische Generalstabsoffiziere. Alle möglichen Figuren fielen Schreiber dazu ein. Nur nicht Meier ohne Tritt.

Schreiber pfiff seinem Hund, der unter dem Rhododendron nach Kaninchen oder wenigstens einer weggeworfenen Wurststulle suchte. Goethe trottete frustriert zu ihrem Herrn. »Wir sind hier nicht an der Alster, Alte!« Schreiber tätschelte ihren Kopf.

Neben dem Schlossportal hing eine Glocke. Er schwang den Strick und erschrak über den Lärm, den das kleine Ding veranstaltete. Die Tür sprang auf. Eine Art Butler stand im Rahmen. Schwarzer Anzug, weißes Hemd, dunkle Krawatte. Schreiber, selbst wieder auf ländlichen Chic getrimmt, fand den Burschen etwas overdressed für früh am Morgen.

»Wen darf ich melden?«

James, oder wie der Domestike hieß, hielt dem Reporter ein silbernes Tablett hin.

Schreiber kramte ein Kärtchen aus seiner Brieftasche und legte es darauf.

»Einen Moment, bitte.« Der Butler drückte ihm die Tür vor der Nase zu. Nur um sie sechsundvierzig Sekunden später wieder zu öffnen. »Herr Meier erwartet Sie im Gartensaal. Bitte mir zu folgen.«

Sie durchquerten eine Eingangshalle von olympischen Ausmaßen. Das Ding quoll über mit antikem Plunder. In die Wände hätte man keinen Nagel einschlagen können, ohne einen Ölschinken zu treffen. Porträts, Jagdstücke, Schlachtfelder, keines jünger als hundert Jahre.

James hielt Schreiber die Tür zum Salon auf. In der Ferne lümmelte Meier ohne Tritt an einem abgefressenen Frühstückstisch. Er trug einen weinroten Morgenmantel aus Seide. Seine Füße steckten in gleichfarbenen Samtschühchen, auf denen eine gestickte Goldkrone glänzte. Widerwillig ließ er die FAZ sinken. Dahinter kam sein breiter Kopf zum Vorschein, mit den hyperaktiven Kaumuskeln, die Schreiber schon bei der Gänsejagd aufgefallen waren. Auf Meiers fleischiger Nase balancierte eine Lesebrille. Manche Menschen tragen so ein Ding nur, um klug darüber gucken zu können.

»Ah, der rasende Reporter.« Meier produzierte dieses Geschäftsleutelächeln, das Schreiber aus dem Flieger kannte. Es verändert nur die Stellung des Mundes. Das Restgesicht liegt weiter auf der Lauer. »Sie sind so schnell, dass ich nicht mal zum Anziehen gekommen bin.« Mit der gefalteten FAZ wies Meier auf den freien Stuhl ihm gegenüber. Den Hund beachtete er nicht.

Schreiber nahm Platz. »Bescheidenes Reihenendhaus

haben Sie hier.« Mit dem Satz hatte er vor ein paar Jahren Bodo Hombach düpiert, als der Kanzleramtschef mit seinem Palazzo Prozzo in die Schlagzeilen geraten war. Wegen des großen Erfolges wiederholte Schreiber den Schnack bei passenden Gelegenheiten. Hier war eine. Fand Schreiber.

Meier nicht. »Dies ist Schloss Drosselstein«, pampte er, »das Haus der gräflichen Familie gleichen Namens. Alter preußischer Adel. Über Generationen Berater und Freunde der Hohenzollern.«

»War Ihre Frau Mutter eine geborene Drosselstein, Herr Meier?« Schreiber versuchte, so neutral wie möglich aus dem Sakko zu schauen. Er hatte das lange geübt.

»Ich habe das Herrenhaus meinem Freund Drosselstein vor ein paar Jahren abgekauft. Nachdem er Schloss und Park und Dorf restauriert hatte, fiel seiner Frau ein, dass sie auf dem Land nicht leben konnte. Graf und Gräfin Drosselstein sind zurück nach München.«

»Und wie schaffen Sie das, in Alt-Wusow zu leben?«

»Im Winter bestens. Da geh ich auf die Jagd und schreibe. Den Frühling verbring ich mit meiner Frau in der Toskana. Sie töpfert da. Im Sommer genießen wir Münchner Stadtluft.«

Nur keinen Neid, Schreiber, dachte Schreiber. Stell dir vor, du müsstest in Meiers Pantöffelchen rumrennen, und alles wird gut. »Ein ausgefülltes Dasein«, sagte er, »und womit verdienen Sie zwischendurch Ihr Geld?«

Meier ohne Tritt linste über die Brille auf den Kerl, der solche saublöden Fragen stellte. »Ich bin finanziell unabhängig«, erklärte er. Mehr nicht.

Durch eins der Fenster zum Park fiel eine Bahn Sonne in den Gartensaal. Staubkörnchen schwebten darin und

Schreiber meinte, ein paar von Goethes Haaren zu erkennen. Meier saß mit dem Rücken zur Sonne. Seine Ohren, dünnwandig abstehende Geschöpfe, leuchteten rosig im Licht. Mit etwas Mühe hätte man durchgucken können.

Dem Reporter war immer noch nicht klar, was dieser Koofmich von ihm wollte. Er wusste nicht mal, wie er mit Vornamen hieß. Andererseits wollte er Meier ja auch nicht duzen.

»Sie sagten am Telefon, Sie hätten was für mich, Herr Meier.«

»In der Tat. Ich hab eine Menge für Sie.« Kaffee gehörte nicht dazu. Meier goss sich nach, ohne Schreiber etwas anzubieten. »Das Manuskript, das ich gerade abgeschlossen habe, hat siebenhundert Seiten.« Er zeigte mit der Nase rüber zum Schreibtisch, auf dem sich ein Papierstoß türmte. »Auf Fontanes Spuren. Jagden durch die Mark Brandenburg. Von Egon Meier.«

Schreiber sackte zusammen. Aller Sauerstoff verließ seine Lungen, aller Mut sein Herz. Schon wieder einer, der seine Ergüsse zum Gegenstand nicht endender Serien im *Magazin* machen wollte! Mit so einem Quatsch hielt dieser Müßiggänger einen gut bezahlten Reporter von der Arbeit ab.

Wie alle Dilettanten war Meier von seinem Werk felsenfest überzeugt. Er hielt Schreiber einen halbstündigen Vortrag über sein Epos. Ernannte sich zum Stellvertreter Fontanes auf Erden. Sah in sich den einzigen Plauderer der neueren deutschen Literatur und so weiter und so fort. Schreiber kraulte Goethe hinter den Ohren. Umgekehrt wäre besser gewesen, aber man kann nicht alles haben.

Meier stand auf. Braune, wohltrainierte Waden erschienen unter seinem knielangen Seidenfummel. Er nahm den Stapel vom Schreibtisch und drückte ihn Schreiber in die Hand. Der hatte sich abgewöhnt, mit Autoren à la Meier über ihr Schaffen zu diskutieren. Es war sinnlos. Artig versprach er, sich gleich heute Abend über den Text zu beugen. Dann wechselte er das Thema.

»Mir geht Martmanns Tod nicht aus dem Sinn. Sie kannten ihn doch sicher näher.«

Meier hing wieder auf seinem Stuhl. Er fingerte eine blaue Zigarettenschachtel aus der Brusttasche seines Bademantels, legte Feuer an die Fluppe und paffte Schreiber einen vor.

»Christian P. Martmann. Netter Kerl. Irgendwann in den Neunzigern hat er realisiert, dass man im Westen mit jungen Juristen die Straße pflastern kann. Da hat er das Rechtsanwaltsschild an seiner Haustür abgeschraubt und ist an die polnische Grenze gezogen. Mutiger Schritt von ihm. Aber völlig richtig. Nach ein paar Jahren ist er Notar in der Kreisstadt geworden und hat ganz gut verdient. Für seine Verhältnisse natürlich.«

Meier zerknüllte die halb gerauchte Zigarette im Aschenbecher. »Immerhin hat es gereicht, um sich ein hübsches Häuschen auf den Oderhang zu setzen. Mit einer Riesenaussicht auf den Ural.«

»Familie?«

»Martmann hat eine Hiesige geheiratet. Zwei kleine Kinder. Eine schreckliche Sache.«

»Die Familie?«

Der Schlossherr stutzte. »Sein Tod natürlich.«

»Haben Sie schon mit der Frau gesprochen?«

Meiers Backenmuskeln erhöhten das Tempo. »Bin ich leider noch nicht zu gekommen. Ich war wegen des Buches wie im Rausch. Die letzten hundert Seiten sind in zwei Tagen aus mir herausgebrochen wie aus einem Vulkan.«

Schreiber fiel zu Herausgebrochenem noch etwas anderes ein als Lava. Er schaffte es, seinen Einfall zu Meiers Ausfall für sich zu behalten. »Kennen Sie irgendeinen Grund, aus dem sich Martmann das Leben genommen haben könnte, Herr Meier?«

»Das hat mich der Kripomensch schon gefragt. Wissen Sie, was ich dem gesagt habe?«

Schreiber wusste es nicht. Es musste aber etwas ziemlich Geniales gewesen sein, nach Meiers Miene zu urteilen.

»Man steckt nicht drin, hab ich dem gesagt.«

15

Von Schloss Drosselstein, das wie alle Adelssitze der Gegend auf der Hochfläche über der Oder lag, fuhr Schreiber runter ins Bruch. Kolonisten aus aller deutschen Herren Länder hatte Friedrich der Große nach der Trockenlegung hier angesiedelt. Freie Bauern, die keinem Gutsherrn frönen mussten. Die Vitzewitze und Drosselsteine hatten auf den fruchtbaren Böden des Bruchs nichts zu bestellen.

Schreiber parkte den Wagen an der Busower Schiffsanlegestelle, ließ Goethe frei und wanderte mit ihr ein Stück an der Oder entlang. Meiers Manuskript klemmte unter seinem Arm. Die Wintersonne hatte sich gegen das Grau durchgesetzt. Der Fluss schimmerte wie Quecksilber. Nach einer halben Stunde fand der Reporter eine trockene, sandige Stelle an einer Buhne. Er zog die Wachsjacke so tief über den Hintern, dass er sich draufsetzen konnte.

Auf Fontanes Spuren. Jagden durch die Mark Brandenburg. Von Egon Meier. Der Typ hatte sein Elaborat wirklich so genannt. Schreiber nahm das Titelblatt und fing an, es zu falten. Er war ein bisschen aus der Übung. Die Kinderzeiten am Ententeich lagen lange zurück. Mit etwas Geduld brachte er ein ganz ordentliches Schiffchen zu Stande. Er ließ es zu Wasser und freute sich wie Bolle, als es auf dem Fluss trieb. Zwischen den Buhnen kreiselte das Wasser. Meiers Werk segelte unter dem Ufer gegen den Strom, folgte dann der nächsten Buhne Richtung Flussmitte, bis die Strömung es erfasste und gegen seine Buhne zurücktrieb. Unbeschädigt kam es wieder bei Schreiber vorbei.

Der Reporter war begeistert. Er baute drei weitere hochliterarische Oderkähne und ließ sie in gleichen Abständen vom Stapel. Seine Flotte paradierte im Kreis, bis eine kabbelige Welle das Flaggschiff fing. Es neigte sich nach Backbord. Schreiber griff ein paar Flusskiesel und eröffnete das Feuer auf den angeschlagenen Kahn. Fontänen schossen rund um den Fontane für Arme auf. Der fünfte Wurf traf so genau, dass die Oder Schiff und Stein zusammen verschluckte.

»Volltreffer«, rief Schreiber und klaubte neue Kiesel auf. Er war ergriffen von der Idee, Meiers Manuskript zur Gänze in den nassen Tod zu treiben.

»Was spielen Sie denn da?«

Schreiber ließ die Kiesel fallen und fuhr herum. Karl Berger trug wieder seine Ein-Strich-kein-Strich-Jacke und wäre zwischen den Weiden selbst dann schwer zu erkennen gewesen, wenn Schreiber nicht dermaßen literaturkritisch aktiv gewesen wäre.

»Schiffe versenken«, sagte Schreiber.

Der Angler grinste. »Bisschen alt für das Spiel.«

»Homo ludens«, sagte Schreiber. »Der Mensch spielt nur, wo er in voller Bedeutung des Wortes Mensch ist, und er ist nur da Mensch, wo er spielt.«

»Hääääh?«

»Schiller.«

Berger hatte mit den Klassikern nichts am Hut. Er wollte Weißfische fangen, und zwar genau auf dieser Buhne. Der Alte stellte sein Angelzeug ab und sah Schreibers Schiffchen böse an. »Ihre Homos vertreiben mir die Fische.«

Schreiber war ziemlich kreativ an diesem sonnigen Vormittag. Für Bergers Problem hatte er einen anderen großen Dichter bei der Hand. Der Reporter rief seinen Hund zu sich. Goethe setzte sich bei Fuß. Schreiber zeigte auf die Schiffchen. »Apport!«

Natürlich sah der Weimaraner seinem Alten nochmal von unten in die Augen, um auf der sicheren Seite zu sein. Die Hündin hatte Schreiber zwar als Alpha-Männchen akzeptiert. Aber ein richtiger Hund würde der Kerl nie werden. Das war ihr während zehnjährigem Zusammenlebens klar geworden. Mit ihrem Was-macht-man-nicht-alles-für-den-Chef-Gesicht stieg sie in den Fluss, schwamm zum nächsten Papierschiff, fasste vorsichtig zu und brachte es an Land. Schreiber nahm ihr das Kunststück aus dem Fang, kassierte eine Schütteldusche und schickte Goethe wieder los. Fünf Minuten später war der Fluss eine meierfreie Zone, wenn man von dem Titelblatt am Grunde absah.

Schreiber fand, dass er bei Berger etwas guthatte. »Haben Sie eigentlich den Rechtsanwalt Martmann gekannt?«

Der Angler setzte sich auf sein Klappstühlchen. Es knirschte metallen. »Den toten Jäger?«

Schreiber sagte Ja. Berger auch.

»Und?«

»Und was?«

»Und was war das für ein Kerl?«

Berger streckte seine Beine aus. Die Absätze furchten den Sand. »Rechtsanwalt. Sagt doch alles.«

»Ich hätt's gern ein bisschen genauer.«

Der Angler starrte vor sich auf den Fluss, als ob er Martmanns Biografie von der Wasseroberfläche ablesen wollte. »Das neue Haus am Hang gesehen? Das mit dem Aussichtsturm?«

Schreiber schüttelte den Kopf.

»Müssen Sie mal hingehen. Ist nicht weit vom *Oderblick.* War vorher 'n Trümmergrundstück aussem Krieg. Hat der Rat der Gemeinde aufräumen lassen. Rasen drauf gesät. Paar Bänke hingestellt. Sandkasten. War richtig schön da oben. Haben die Muttis im Sommer mit den Kleinen gesessen. Bis Martmann kam. Als Notar hat er den Alteigentümer im Grundbuch ausfindig gemacht und ihm das Grundstück abgeluchst. Für 'n Appel und 'n Ei. Zaun drumgemacht. Vorsicht Baustelle. Betreten verboten. Eltern haften für ihre Kinder. Und jetzt steht da die Villa Wachturm.«

»Hört sich nicht gut an.«

»War auch nicht gut«, sagte Berger und machte seine Angel parat.

Schreiber tippte zum Dank an die Mütze und ging zurück zum Wagen. Der Hund fror.

16

Barthelmus erwischte Schreiber im Bett. Er hatte den Hund trocken gerubbelt und gefüttert, Mittagbrot, wie sie es hier nannten, an der Fresstheke des Supermarkts eingeworfen und – zurück im Hotel, weil er nicht einschlafen konnte – Meiers Machwerk zur Hand genommen. Der Text las sich noch schlechter als die meisten Jagdschmonzetten, die sendungsbewusste Weidwerker unter sich ließen. Egon Meier verfehlt Hermann Löns und Theodor Fontane, dachte Schreiber, als das Handy sang.

»Was machst du eigentlich gerade?«, brüllte Barthelmus. Eine ganz gefährliche Frage, wenn einem nicht schnell genug was einfiel.

»Ich bin im Oderbruch, Stefan. Die Sache mit dem Wolf und dem Adligen.«

»Ach so. Ja und?«

»Läuft gut. Wir haben schon wieder eine Leiche. Einer hat bei der Gänsejagd den Kopf verloren.«

»Schrot?«

»Ja.«

»Toll. Gibt's Bilder?«

Schreiber verneinte. Das war ein Fehler. Barthelmus verlor sofort den Spaß an der Geschichte.

»Ich brauch dich eh woanders, Schreiber. In Arschlochhausen oder Emsdeppen, oder wie das Kaff heißt, hat ein Triebtäter zwei Kinder ermordet. Wir wollen das nächste Woche groß hinlegen. Fahr sofort da hin. Der Fotograf ist schon da.«

Schreiber wusste nicht, wie viele Kindsmord-Geschichten er schon geschrieben hatte. Ein Dutzend mindestens. Alle Welt glaubte, es gäbe immer mehr Triebtäter. Dabei nahm die Zahl die Sexualmorde an Kindern seit Jahren kontinuierlich ab. Nur die der Medien nahm zu. Jedes verschwundene Kind schaffte es inzwischen bis in die Tagesschau.

Der Reporter leistete hinhaltenden Widerstand. »Kann das niemand anderes machen, Stefan? Was ist denn mit dem Klub der toten Dichter?« So nannten sie beim *Magazin* die Riege der Edelfedern, die die ausgeschlafenen Geschichten schrieben, wenn alles längst vorbei war.

»Alle unterwegs«, log Barthelmus. »Schreiber, fahr nach Emsdeppen.«

»Und was ist mit dem Wolf?«

»Kannst du nachher weitermachen.«

Schreiber stieg fluchend aus der Falle, packte seinen Pröttel, bezahlte die Rechnung und fuhr westwärts.

Fünf Tage und eine schreckliche Geschichte später kehrte er nach Busow zurück.

17

Der Mann stand in der Bläsergruppe hinter dem offenen Grab. Seine Finger klebten am Messing des Ventilhorns. Er fror. Den Lodenmantel durfte er nicht tragen. Nur das Kostüm, das dieser Meier ihnen spendiert hatte. Weiße Hose, grüne Jacke mit Goldknöpfen. Wie eine Zirkuskapelle sahen die Busower Jagdhornbläser aus. Den Tod würden sie sich holen im schneidenden Ostwind. Der Mann wäre lieber in der warmen Stube geblieben, als diesem Rechtsverdreher ins Grab zu blasen. Aber das ging auf keinen Fall. Die Polizei war schon bei ihm gewesen. Er hatte dumm getan.

Fuchs tot spielten sie als Erstes, das Jagdsignal, das Martmann am liebsten gehört hatte. *Sau tot* wäre passender gewesen, fand der Mann. Er war der Einzige im Corps, der ein Ventilhorn blies. Die anderen hatten sich Fürst-Pless-Hörner in B angeschafft. Instrumente, die nur mit den Lippen gespielt wurden. Es hörte sich grausam an. Keiner traf alle Töne.

Groß war die Beerdigung nicht. Von den Einheimischen waren nur die alten Weiber gekommen, die hinter jedem Sarg herrannten. Und die Jäger. Der Reporter war auch da. Stand in seiner knautschigen grünen Jacke in der letzten Reihe. Den Frack würde er nicht mal seiner Vogelscheuche anziehen. Aus England kam der Mist, hatten sie ihm erzählt. Sündhaft teures Zeug.

Die Hand des Mannes umkrampfte das Messing. Nur noch ein Signal, dann konnte er endlich heim. Der Himmelskomiker, der nach der Wende in Busow aufgeschlagen war, hatte seinen Sermon schon verzapft. Asche zu Asche, Staub zu Staub.

Er machte sich bereit für das letzte Lied. *Jagd vorbei* und *Halali.*

»Horn an!«, kommandierte der Corpsleiter. Der Mann blies den ersten Ton. Ein sauberes hohes C. Nicht so ein Gequäke wie von den Pless-Hörnern. Fehlerfrei spielte er das Halali. »Horn ab!«

Zufrieden packte der Mann sein Ventilhorn ein. Von wegen Jagd vorbei, dachte er.

18

Der Oderbruch-Indianer wohnte, wie ein Oderbruch-Indianer wohnen sollte. Sein Tipi stand mitten im Wald und war eine Datsche. Die Gartenlaube aus Fertigteilen duckte sich unter den Kiefern einer Holzplantage, wie sie nur preußische Förster zu Wege bringen. In Reih und Glied waren die Bäume angetreten. Vordermann und Seitenrichtung. Perfektes Futter für den Prozessor, der in zwanzig Jahren, wenn das Holz hiebreif war, aus Goiko Kawulkes Wald eine Mondlandschaft machen würde.

Hotte hatte Schreiber beim Frühstück die Anfahrtsroute aufgeschrieben: *Hinterm Dorf Santweg lings in Busch rein. Nach 500 Meter Wagen abstellen. Datsche liecht hinter die Brommbären.*

Der Indianer hatte einen freien Tag, hockte trotz der Kälte vor seiner Hütte und schnitzte an einem Stück Holz. Er ging geschickt mit dem Messer um, hob dünne Späne ab, schnitt kleine Kerben in den Birkenast.

»Was soll das werden, wenn es fertig ist?« Schreiber setzte sich neben Kawulke auf die Treppenstufe. Lange bleiben durfte er da nicht, sonst fröre ihm der Hintern an. Oder die Hämorrhoiden gäben Pfötchen. Oder beides.

»Mal sehn«, sagte Goiko.

Wie holt man einen Mann aus, der nicht reden will? Schreiber fiel nichts Gescheites ein. Er schwieg. Hörte dem Wind zu, der in den Kiefernkronen sauste. Ein Grünspecht lachte schallend über das seltsame Paar vor der Hütte. In flachen Wellen glitt der Vogel zwischen den Stämmen dahin. Drei, vier Flügelschläge, dann segelte er ein Stück, flatterte weiter, bis sein roter Scheitel im Wald verschwand. In der Ferne hörte man ihn noch einmal lachen.

»Schön hier«, sagte Schreiber.

Kawulke nickte. Goethe legte sich, nachdem sie die Umgebung der Datsche mit ein paar Tropfen Pipi in Besitz genommen hatte, vor die Füße des Indianers, beschnüffelte seine Mokassins und klopfte den Schwanz auf die Stufen. Goiko steckte das Messer in die Gürtelscheide und fuhr mit den Fingern durch das Mausefell auf Goethes Kopf. Der Weimaraner verdrehte die Augen und rollte sich auf den Rücken. Mit gespreizten Hinterläufen präsentierte die Hündin ihren Bauch. Eine Pose, die Schreiber peinlich berührte, obwohl er wusste, dass seine Scham Teil der Vermenschlichung von Tieren war, die er bei anderen scharf geißelte.

Goiko machte Goethes Schamlosigkeit scheinbar nichts aus. Er kraulte die rosige unbehaarte Haut der Hündin. Goethe knurrte katzig. Schnappte spielerisch nach einem der Zöpfe, der von Kawulkes Kopf vor ihrer Nase baumelte. Der Indianer nahm den Haarstrang in die Hand und pinselte den Fang des Hundes. Goethe fuhr sich mit der Vorderpfote durchs Gesicht, nieste und klopfte mit der Schwanzspitze nach mehr. Goiko gab es ihr.

»Nettes Tier«, sagte er.

Schreiber nickte.

»Ich hatte auch mal ein'.«

Der Reporter sagte nichts.

»War 'n Mischling. Nix Besonderes.« Kawulke spielte mit Goethes Schlappohren. Klappte sie hoch, las die tätowierte Nummer auf der Innenseite. »Rassehund«, sagte er, wie Auto-Fans »Rennwagen« sagen. »War bestimmt nich billig.«

»Hmmh.«

»Meinen ham se erschossen.«

»Wer?«

»Weiß nich. Die Jäger.«

»Wie den Wolf.«

Goiko hörte auf, den Hund zu streicheln. Er streifte die Hand an seiner Lederhose ab, wie wenn sie beim Kraulen nass geworden wäre, oder dreckig. »Die Spur«, sagte er. »Ich hab die Wolfsspur verloren.«

»Wo?«

»In den Fichten. Wo die Soldaten Sie geschnappt ham.«

»Schade.« Schreiber bemühte sich, nicht allzu enttäuscht zu klingen. Der Indianer war seine einzige Chance, an den wirklichen Wolfskiller zu kommen. Falls er ihm helfen wollte.

»Ich hab was anderes gefunden.« Goiko hatte, durch Goethes Schwanzschlagen aufgefordert, wieder mit der Bauchkraulerei begonnen.

»Was?«

»Noch 'n Wolf«, sagte Goiko.

»Wo?« Mehr brachte Schreiber nicht heraus.

»Auffem Truppenübungsplatz.«

»Tot?«

Kawulke schüttelte den Kopf. Die Zöpfe schlängelten vor seiner Brust.

Schreiber nestelte nach seinen Zigaretten. In solchen Momenten konnte er nicht ohne. Er steckte sich die Lucky verkehrt herum ins Gesicht, flammte fast den Filter an. Verdammte Sucht. »War der Wolf allein?«, fragte er.

Kawulke nickte.

»Und Sie haben die Spur von dem toten Tier wirklich verloren?«

Der Indianer stoppte das Streicheln. Er sah Schreiber nicht an. »Wieso fragen Sie?«

»Weil wir den Schützen finden sollten, bevor er noch einen Wolf abknallt.«

Goiko hob Goethes Lefze an. Der Fangzahn schimmerte weiß und gefährlich. Goethe schob Kawulkes Hand mit der Pfote weg. »Ich pass schon auf den auf«, sagte Goiko.

»Wie wollen Sie das denn machen, auf einen Wolf aufpassen?«

»Ich bring dem was zu fressen.«

Schreiber glaubte es nicht. »Was bringen Sie dem? Hundefutter oder was?«

Kawulke sah den Reporter an wie einen armen Irren. »Fallwild. Tote Rehe vom Straßenrand. Und so.«

»Und der Wolf nimmt den Köder an?«

Goikos wulstiger Mund breitete sich bis zu den Wangenknochen aus. »Ja«, sagte er. »Vom letzten Reh is fast nix mehr da.«

»Das können auch Füchse gewesen sein. Oder Wildschweine.«

Wieder dieser mitleidige Blick. »Ich hab den Wolf selbst fressen sehn.«

Schreiber kannte erfahrene Tierfotografen, die wochenlang vergeblich versucht hatten, Wölfe mithilfe von Aas vor die Kamera zu kriegen. Und dieser Waldschrat fütterte einen Wolf mal eben mit überfahrenen Rehen durch. Er musste das mit eigenen Augen sehen, vorher glaubte er das nicht. »Wo legen Sie das Fallwild ab?«

»In der Nähe, wo der Wolf wohnt.«

»Ich möchte das gern sehen. Können Sie mich nicht mal mitnehmen?«

Goiko überlegte lange, strich Goethe, die sich vor ihn hingesetzt hatte, über den Kopf. Wie einem Schulkind, das ein gutes Zeugnis nach Hause gebracht hatte. »Hinter der Hütte liegt ’n neues Reh«, sagte er schließlich. »In Ihr’m Auto kriegen wir das einfacher hin.«

Äußerlich wirkte das Tier unverletzt. Das dicke graue Winterfell wies nicht die kleinste Schramme auf. Der Bock war gerade dabei gewesen, sein neues Geweih zu schieben. Kurze, pelzige Gabeln wuchsen aus der Schädelplatte. Innen sah das Tier wahrscheinlich umso schlimmer aus. Ein Sumpf aus Blut und Panseninhalt, dessen Gärung die Kälte gestoppt hatte. Zum Glück brauchte man das Reh nicht auszuweiden. Wölfe stellten wildbrethygienische Fragen hintan, wenn der Magen knurrte.

Kawulke packte den Bock bei den Läufen und wuppte ihn auf die Ladefläche des Kangoos. Goethe musste auf die Rückbank. Schreiber fuhr zum Hotel zurück, um sich warme Sachen zu holen. Die dick gefütterte Ansitzhose, die seine Beine ins Elefantenhafte spielen ließ. Den Lodenmantel, in dem er sich bewegen konnte, ohne das geringste Geräusch zu verursachen. Sollte der Indianer sich in seinen Ledersachen den Arsch abfrieren. Schreiber war für diese Art Eitelkeit zu alt.

Goiko dirigierte den Reporter über Feldwege und Forststraßen in den Rückraum des Truppenübungsplatzes. Er kannte eine Kieferndickung, die den Kangoo nach fünf Metern Fahrt verschluckte. Sie ließen Goethe im Wagen und marschierten durch den Busch. Das tote Reh baumelte zwischen den beiden Waldläufern.

Schreiber hatte kein Interesse an einer neuen Begegnung mit dem ortsansässigen Trachtenklub. Er sicherte in alle Richtungen – und wurde dennoch überrascht, als Kawulke auf Tauchstation ging. Der Indianer warf sich an die Erde. Schreiber auch. Er kam sich vor wie Klinsmann bei den *Hotspurs.* Nur dass der Waldboden kein englischer Rasenplatz war. Ein Ast prallte gegen Schreibers Rippen und nahm ihm die Luft.

Als er Kawulke wegen übertriebener Vorsicht rüffeln wollte, kam der Geländewagen der Bundeswehr in Sicht. Langsam glitt der Benz durch die Botanik, vielleicht vierzig Meter an den Liegenden vorbei. Der Reporter drückte sich wie ein Hase bei der Treibjagd. Er stand erst wieder auf, als Goiko das Zeichen gab. Da war der Jeep schon eine Weile weg.

Die Wolfshöhle hatte Schreiber in den Tiefen einer Dickung imaginiert, zwischen bürstendichtem Jungwuchs, maximal ein Meter fünfzig Sicht in jede Richtung. Aber die Wölfin – Goiko hatte dem Reporter berichtet, dass es sich um ein weibliches Wesen handelte – hatte offenbar andere Vorstellungen von Wohnqualität als er. Kawulke stoppte in einem Kiefernstangenholz, das außer ein paar Brombeerburgen wenig Deckung bot. Eine alte Kiefer aus der vorigen Waldgeneration, die die Waldarbeiter aus welchem Grund auch immer stehen gelassen hatten, war dem Sturm zum Opfer gefallen. Sie hatte beim Sturz ein paar von den jungen Bäumen in der Nachbarschaft mitgerissen und einen Verhau aus Stämmen, Ästen und Kronen hervorgebracht.

Auf dieses Kiefern-Mikado zeigte Kawulke. Der Reporter nahm sein Zeiss vor die Augen und glaste das Wirrwarr ab. Nahe beim Wurzelteller der umgestürzten Alten quoll sandiger Lehm.

Die Reste des Rehs lagen keine zwanzig Meter von dem Dschungel entfernt. Ein abgelutschter Unterkiefer und die Klauen, an denen noch Fellfetzen hingen. Sonst nichts. Goiko ging allein hin und legte den Nachschub dazu. Er hatte einen Brombeerhügel in der Nähe von innen freigeschnitten. Ein dorniges Iglu, in das man nur kriechend hineinkam. Drinnen war es ganz geräumig. Schreiber klappte sein Dreibein auf, der Waldmensch hockte im Schneidersitz auf einem Polster aus Kiefernnadeln. Wenn der Wind nicht drehte, hatten sie eine Chance.

Wie immer, wenn Schreiber irgendwo hockte und auf Wild wartete, verging die erste Stunde mit Naturbetrachtungen. Wie orange die Kiefernstämme unter der Krone leuchten. Dass Brombeerlaub nach dem Frost den Flecktarnklamotten der Soldaten ähnelt. Was Wintergoldhähnchen für possierliche Piepmätze sind. Mit dem Angebot an Sehenswürdigkeiten war Schreiber bald durch. Er starrte auf den Verhau, aus dem die Wölfin auftauchen musste, wenn sie denn dort steckte. Wenn nicht, konnte sie von überall her kommen. Auch aus der Richtung, in die der Wind die Witterung der Männer unter den Dornen trieb. Das Tier würde ihren Geruch in der Nase haben, lange bevor sie die Wölfin sahen. Und aus wäre es mit der Raubtierfütterung.

Nach zwei Stunden war es Schreiber fad. Er bewunderte Menschen wie Kawulke, die sich ohne äußere Anzeichen von Langeweile den Hintern viereckig sitzen konnten. Dem Reporter fehlte dieses meditative Gen. Er war sich auch nicht sicher, ob der Aggregatzustand, den andere auf dem Ansitz erreichten, irgendetwas mit Kontemplation zu tun hatte, wie die Klügeren unter ihnen behaupteten. Mangelnder Intellekt war auch keine schlechte Voraussetzung für innere Ruhe.

Es war kurz nach drei Uhr nachmittags, der Zeitpunkt, an dem Schreibers Biorhythmus regelmäßig auf ›Toter Mann‹ umschaltete. In der Redaktion schwang er sich gewöhnlich mit Tee und Kuchen aus diesem Tal. Im Wald gab es keinen Earl Grey. Von Himbeertorte ganz zu schweigen. Schreiber merkte, dass seine Gedanken wirr wurden. Bären bevölkerten sie, kleine puschelige Viecher, die in einen Müllcontainer nach Fressbarem stöberten. Sein Kopf sank langsam auf die Brust, kam wieder hoch, nur um im nächsten Moment wieder auf Talfahrt zu gehen.

Für wie lange er eingeduselt war, wusste er nicht. Ein Stoß gegen das Knie ließ ihn aus dem Halbschlaf hochfahren. Kawulke wies mit der Nase zu dem Verhau. Schreiber blinzelte durch die Brombeeren. Unter den Kiefern begann es zu dämmern und seine Augen brauchten Zeit, um sich dem schwindenden Licht anzupassen. Dann sah er seinen ersten frei lebenden Wolf.

Das Tier sog den Wind ein, der vom Aas herüberwehte. Langsam setzte sich die Wölfin in Bewegung, wie in Zeitlupe einen Lauf vor den anderen schiebend. Mit eingeknickten Knien. Den Schwanz zwischen die Hinterbeine gezogen. Nicht auf die Beute zog das Tier zu, eher von ihr weg. Nach ein paar Metern fror die Bewegung ein. Der graugelbe Kopf fuhr herum. Die Lauscher standen spitz. Schreiber konnte durchs Glas die hellen Haare in den Ohrmuscheln erkennen. Unter der Schnauze leuchtete das Fell weiß wie Hermelin. Es war tatsächlich ein Weibchen. Seine gelben Augen tasteten jedes Detail der Umgebung ab.

Die Wölfin pirschte weiter, umschlug das tote Reh in

einem zwanzig Meter weiten Bogen. Als irgendwo im Wald ein Ast knackte, fuhr das Tier zusammen. Schnellte weg. Wenige Sätze weit. Hielt zwischen Holunderbüschen. Endlos verharrte es an dieser Stelle. Sicherte nach allen Seiten.

Das Licht wurde schlechter. Schemenhaft erschien Schreiber die Wölfin. Grau wie der Wald in der Dämmerung. Nur der helle Kehlfleck hob sich von der Umgebung ab. Langsam pirschte sie den Köder an. Von vorn sah Schreiber den geduckten Körper über den Waldboden gleiten. Wie vorsichtig das Tier war. Wie ängstlich. *Lieber fünf Minuten feige als ein Leben lang tot.* Das Weibchen brauchte zehn Minuten, um fünfzehn Meter Angst zwischen sich und dem Reh zu überwinden.

Es warf sich nicht auf den Fraß, so sehr sein Magen auch knurren mochte. Schnüffelnd stand es vor dem Bock, absprungbereit, falls noch Leben in dem Tier stecken sollte. Rehe haben scharfe Klauen. Erst als die Wölfin sicher war, dass von dieser Beute keine Gefahr mehr ausging, fasste sie zu. Schnappte das Reh bei der Kehle und zog es schnell fort. Zu den Holunderbüschen, zwischen denen sie zuvor gewartet hatte. Die Wölfin sah sich noch einmal um, bevor sie dem Bock die Bauchdecke aufriss.

Vitzewitz' vollendete Tischsitten kannte das Tier nicht. Es grub den Kopf in die Bauchhöhle des Rehs. Blut tränkte seinen blütenweißen Kehlfleck. Bis zum Brombeer-Iglu hörten sie es schlubbern und schmatzen. Selbst durch das 8 x 56 konnte Schreiber nicht mehr deutlich erkennen, was die Wölfin tat. Nur dass sie mit hängender Rute über dem Reh stand und fraß. Schreiber glaubte, dass es eine Keule war, die sie sich einverleibte. Festes, rotes Muskelfleisch. Vielleicht hatte das Tier aber auch andere Vorlieben als der Reporter.

Sie lauschten. Verließen sich ganz auf ihre Ohren. Einmal meinte Schreiber, einen Knochen knacken zu hören. Dann war Ruhe. Sie mussten lange warten, um das Tier durch ihren Aufbruch nicht zu vertreiben. Es würde das Reh sonst nicht mehr anrühren und wahrscheinlich auch die Höhle aufgeben. Also blieben sie hocken. In absoluter Finsternis. Kein Mond. Keine Sterne. Kein Streulicht künstlicher Lichtquellen.

Schreiber hing wieder seinen Gedanken nach. Nun, wo der Erwartungsdruck gewichen war, nichts mehr kommen konnte außer der Bundeswehr, die sie unter den Brombeeren nicht finden würde, überkam ihn Ruhe. Er erinnerte sich an seinen Vater, der vor zwanzig Jahren gestorben war, als es Hannes richtig dreckig ging. In Sorge um seinen Einzigen war der Alte in die Kiste gesprungen. Dass sein Sohn wieder auf die Beine gekommen, aus dem schwierigen Enkelkind ein netter Kerl geworden war, hatte der Senior nicht mehr mitgekriegt.

Kawulke stieß ihn an. Er warf den Kopf Richtung Ausgang. Schreiber nickte, klemmte sein Dreibein unter den Arm und krabbelte ins Freie. So geräuschlos wie möglich zogen sie sich zurück, benutzten die Forststraße, die sie auf dem Hinweg gemieden hatten. Im Wagen begrüßte Schreiber den Hund, der auf dem Rücksitz zusammengerollt seine Körperwärme speicherte. Ohne Licht verließen sie den Truppenübungsplatz.

Draußen hielt Schreiber an. Goethe musste raus. Gemeinsam schlenderten die Männer auf einem Feldweg. Der Hund rannte vorweg, kreiselte und kackte. Sie spazierten noch ein Weilchen durch die Winternacht. Schreiber stand unter Redezwang. Er erzählte dem Indianer die Geschichte von dem Wolf, als ob der nicht dabei gewesen wäre. Goiko nickte. Ohne zu lächeln strahlte er ein Gefühl ab, das Glück genannt wird.

Goethe trieb sich in der Nähe herum, als die beiden Schüsse fielen. Kurz hintereinander. Bauz-bauz. Die Hündin warf den Kopf herum und zog die Ohren hoch. Gab es um diese Zeit noch was zu apportieren?

Schreiber sah Kawulke an. »Schrot?«

Der Indianer nickte.

»Vielleicht hat jemand einen Fuchs geschossen«, sagte Schreiber, wohl wissend, dass das Licht dafür nicht reichte. Die Schüsse waren in einem Waldstück gefallen, das nicht zum Truppenübungsplatz gehörte. Er überlegte, ob sie dem Wolf gegolten haben konnten. Eher nicht. Das Tier dürfte nach dem Fressen nicht mehr weit gelaufen sein. Sicher lag es mit vollem Bauch im Verhau und verdaute fröhlich vor sich hin. Wahrscheinlich, nicht sicher.

»Lass uns zurückgehen.« Schreiber drehte sich um und stiefelte, gefolgt von Goiko und Goethe, zum Wagen. Er schwitzte. Das lag an der Ansitzhose und dem Lodenmantel. Redete er sich ein.

19

Bei Küstrin überquerten sie die Oder, Vera, der Weimaraner und er. Hinter der Brücke begrüßten die neuen Herren des Landes den Besucher in Rot-Weiß. *McDonald's 300 Meter. Big Mäc Menü 3,33 Euro*. Im Stau schlichen sie auf die Grenzstation zu. Ließen den litauischen Lieferwagen, der einen zerbeulten Boliden am Abschleppseil ins Baltikum ziehen wollte, rechts liegen. Schreiber und Vera mussten ihre Pässe zwei Mal zeigen. Deutsche und polnische Grenzer sahen ihnen forschend ins Gesicht und ignorierten den Hund, für den der Reporter extra noch einen Maulkorb erstanden hatte. Vorschrift ist Vorschrift.

»Guck mal nach rechts, Schreiber!« Vera knuffte dem Reporter in die Rippen. Im Profil fiel der Anflug von Doppelkinn, der ihren Hals zierte, ein bisschen mehr auf als im gnädigen Licht des Abends mit der Gans. Schreiber konnte nichts Schlimmes daran finden. Solange es nicht Calmund-artige Ausmaße annahm.

»Der Dschungel da drüben war mal die Festung von Küstrin, wo der Katte hingerichtet worden ist.« Schreiber kannte die Story vom Freund des Alten Fritz, der siebzehnhundertweißnichtmehr als junger Friedrich zusammen mit seinem Kumpel Katte vor seinem Vater, dem gestrengen Soldatenkönig, fliehen wollte. Sie waren geschnappt worden und der Herrscher aller Preußen hatte Katte vor den Augen seines Sohnes enthaupten lassen.

Schreiber ließ sich die Geschichte gern nochmal von Vera erzählen. Zumal ihm die Fortsetzung neu war. »Fünfundvierzig hat Hitler Küstrin zur Festung erklärt und mit Klauen und Zähnen verteidigen lassen«, deklamierte die Bürgermeisterin in der Art altgedienter Fremdenführer. »Danach sah die Altstadt aus wie ein Trümmerhaufen. Die Polen haben sie liegen lassen und ihr Kostrzyn weiter östlich neu aufgebaut.«

Sie umfuhren die ruinierte Festung in einer Rechtskurve. Gegenüber dehnte sich das, was die Polen *Bazar* und die Deutschen *Polenmarkt* nannten. Alle germanischen Gefährte steuerten ihn an. Bis auf einen Toyota, der trotz dieser frühen Stunde vor dem *Nightclub Aphrodyta* stoppte. Vom Markt wehte der zehn Jahre alte Hit der *Prinzen* herüber. *Alles nur geklaut.*

»Humor hat er jedenfalls, der Pole«, stellte Schreiber fest.

Vera schüttelte den Kopf. »Mir wär lieber, wenn die Leute ihre Zigaretten und die Fressalien bei uns in Busow kauften. Da hätten wir wenigstens was davon. «

Nach Veras Meinung war Kostrzyn aber nur halb so schlimm wie Slubice, die ehemalige Dammvorstadt Frankfurts auf dem heute polnischen Ufer. »Das Schmugglernest schlechthin. Ich sage nur: Menschen, Waren, Drogen.«

Gleich hinter Kostrzyn begann das Warthebruch, wo die Gänse, die sie auf Vitzewitz' Feldern geschossen hatten, nachts rasteten. So musste das Oderbruch ausgesehen haben, bevor der große Preußenkönig es trockenlegen ließ. Unpassierbare Sümpfe, undurchdringliche Schilfmeere, unberührte Inseln. Enten schwärmten auf dem Wasser, stiegen lärmend auf und landeten, Bugwellen vor sich herschiebend. Teichhühner spielten Jesus von Nazareth und rannten flügelschlagend über das Wasser. Für Menschen wie Schreiber war dies das Paradies. Nicht das Oderbruch mit seinen fruchtbaren Äckern.

Vera sah es natürlich anders. »Du bist ein Träumer, Schreiber. Wenn unser Bruch noch genauso wär wie das hier, dann säh Busow auch so aus wie das Kaff da vorn.«

Auf Kopfsteinpflaster rappelten sie durch ein Straßendorf. Armut ist malerisch. Aber nur im Sommer. In Nowo-Kusmusz war kein Sommer. Verlassene Katen, die in Zeitlupe zerbröselten, unverputzte Eigenheime, graue Flachbauten unbestimmten Alters. Der Regen, der in Kostrzyn eingesetzt hatte, trommelte auf vermooste Dächer, troff, weil Dachrinnen fehlten, in kahle Vorgärten.

Der Dorfanger lag bleigrau in der Mitte. Ein paar Enten mit schrundigen Truthahnhälsen paddelten lustlos darauf herum. Vor dem Kangoo torkelte ein Kerl auf dem Fahrrad daher. Er nahm die ganze Breite unter die Reifen, tickte zwischen Lattenzäunen herum, bis er in einem Graben landete.

»Endlich«, stöhnte Schreiber und sah zu, dass sie weiterkamen. Der tote Pole von der Oder stammte aus einem Dorf, das ein wenig größer wirkte als Nowo-Kusmusz, aber nicht viel schöner. Wie Vera an Namen und Adresse gekommen war, hatte sie Schreiber nicht gesagt. Nur dass der Bürgermeister ihrer polnischen Partnerstadt in dem Kaff ein Landhaus besaß. Vera kannte den Mann vom kleinen politischen Grenzverkehr. »Ein Kavalier alter Schule«, sagte sie, »wenn du weißt, was das ist, Schreiber.«

Sie verließen die Hauptstraße und bogen auf eine sandige Piste. Das Wochenendomizil des Provinzfürsten war das letzte Haus am Weg. Dahinter begannen Weiden. Im Sommer, mit ein paar bunten Kühen darauf, sicher ganz nett. Das Haus selbst war alt, aber in Schuss. Die Wände leuchteten in frischem Gelb. Hinter den Sprossenfenstern, zwischen possierlichen Gardinen, blühten Gliederkakteen.

Das Erste, das Schreiber an dem Mann, der auf Veras Klingeln öffnete, auffiel, waren seine Koteletten. Schmal neben den Ohren, endeten sie drei Finger breit am Kinnwinkel. Sie verliehen ihrem Träger etwas Habsburgisches, und als der ältere Herr den Mund aufmachte, wusste Schreiber, dass er sich nicht getäuscht hatte. Stanislaw Lechniak sprach Deutsch mit austro-magyarischem Einschlag.

»Küss die Hond, verehrte Kollegin«, sagte er und machte die Ankündigung auf der Stelle wahr. Er hob Veras Pfötchen sanft an und hauchte den angedeuteten Schmatz einen Millimeter über den Fingern in die Luft. Die ganz alte Schule.

»Ah, der Herr Schournalist!«

»Schreiber, mein Name ist Hannes Schreiber.« Nur seine Mutter hatte den Reporter bis zum Schluss Hans-Jürgen genannt.

»Schreiber. Do schaun S' her. Wie sinnig.« Lechniak dienerte nach Art der Wiener Kaffeehauskellner, die teutonische Touristen mit »Herr Hofrat« anredeten. Man musste es mögen. Der Pole führte seine Besucher in ein mit realsozialistischen Möbeln voll gestelltes Wohnzimmer, an dem das Schönste der Blick aus dem Fenster war. Eine ältere Frau in Kittelschürze servierte Kaffee in geblümten Tassen und huschte wieder zur Tür hinaus.

»Jo, der Marek«, leierte Lechniak, als Vera ihn auf seinen ermordeten Landsmann ansprach. »Alle hom's g'wusst, doss es a böses End würd nehmen mit dem Marek Napieralla. Auf der Leich hom's olle g'wusst.«

»Vorher nicht?«

»Hellseher san mir net, wir Polen.« Der Bürgermeister lächelte maliziös. Sein Gesicht, ein Gespinst aus feinen roten und blauen Äderchen, verzog sich in alle Richtungen. »Obwohl, beim jungen Napieralla braucht man ka Hellseher sein, um aufs End schau'n zu können. A Gaudi-Bursch is er g'wesn, der Marek. Hot immer an Schmäh g'führt. Schod, dass er die folschen Freinderl g'hobt hot.«

Schreiber nahm einen Schluck Kaffee. Die schwarze Brühe schmeckte bitter. Er goss Milch nach, dann ging's. »Die falschen Freunde, kamen die hier aus dem Dorf?«

»Na, aus Slubice worn s', die Herren.«

Der Reporter warf Vera einen Blick zu. Sie grinste ziemlich breit. Dem Polen entging das nicht. »Slubice is ka guter Platz für Burschen vom Land, dös hot Ihnen die Frau Kollegin sicher schon g'sogt. Auf die schiefe Bahn is er kummen, der Marek. Hot ollerhand ang'stellt, wos die Gendarmen net gern sehn.«

»Zum Beispiel?«

Lechniak musterte Schreiber gründlich. Der Reporter fühlte sich unwohl. Da saß er nun als Deutscher auf einem polnischen Sofa und stellte einem bald Siebzigjährigen peinliche Fragen über einen Landsmann, der auf der deutschen Seite der Oder erschossen worden war.

»Eins vorweg, Herr Lechniak«, sagte er, »wir sind nicht zu Ihnen gekommen, um das kriminelle Vorleben des Opfers auszukundschaften.«

»So, san S' net? Warum frogen S' dann?«

Eins null Polen. Schreiber bekam rote Ohren. »Weil ich, weil wir ...« Wie immer, wenn er im Ausland mit Einheimischen ernsthaft redete, beschlich ihn das Gefühl, per Geburt auf der falschen Seite gelandet zu sein. Er kam sich vor wie beim Hase-und-Igel-Spiel: Holland, Frankreich, Italien, Rumänien oder jetzt Polen, wohin der Job ihn auch getrieben hatte, die Generation seines Vaters war schon vorher da gewesen. Erwin Schreiber selbst hatte nicht bei der Wehrmacht gedient. Er hatte bei Krupp im Geschossbau die Munition gebastelt, mit der seine Altersgenossen die Nachbarländer zu Klump schossen. Und von KZs hatte er natürlich überhaupt nichts gehört. Nur dass der Nachbar von der SS mit seinem Schäferhund irgendein Lager bewachte. Reichlich Stoff für Streit mit einem aufmüpfigen Sohn.

Schreiber fing sich wieder. Er schlürfte den Rest Kaffee und sah dem polnischen Bürgermeister in die braunen müden Augen. »Wenn ich rauskriegen will, warum Ihr junger Landsmann bei uns erschossen wurde und vielleicht sogar von wem, dann muss ich wissen, was Marek Napieralla für ein Mensch war, Herr Lechniak. Das heißt nicht, dass ich die Tat rechtfertige. Selbst wenn er der größte Gangster Polens gewesen wäre, gibt das niemandem das Recht, ihn abzuknallen wie einen tollen Hund.«

Der Bürgermeister antwortete ihm nicht. Er wandte sich Vera zu. »Woher kennen S' den Herrn Schreiber eigentlich, Gnädigste?«

Vera setzte sich sehr gerade auf, berührte den Sessel nur flüchtig mit dem Hintern. Ihre Strümpfe schimmerten auf den Knien, die sie aneinander drückte. Die Hände kneteten das Täschchen auf ihrem Schoß. »Wir sind alte Bekannte, Schreiber und ich. Aus Berliner Tagen. Wir sind selten einer Meinung. Aber ich glaube, er ist ein anständiger Kerl und ein guter Journalist. Soweit beides zusammen geht.«

Schreiber führte seine Kaffeetasse an den Mund, merkte, dass sie leer war, und setzte sie schnell wieder ab. Das Porzellan klirrte auf der Untertasse. Er wusste nicht, wohin er gucken sollte.

»Jo, wenn des sooo is«, sagte Lechniak und lächelte den Wohnzimmerschrank an, »dann brauch i den armen Napieralla net vor die Deitschen in Schutz nehmen. Jetzt is es eh z' spät. Also der Marek wor Mrówki, munkeln die Leit hier im Dorf. Eine Ameise. Olles, wos über die Grenz sollte, wovon die Uniformierten nix merken sollten, des wor dem Marek sei Soch. Rumänische Zigeiner konnten des sein oder unversteuerte Zigaretten, a Nochricht für seine Haberer in Berlin, wos a immer.«

»Entschuldigen Sie, Herr Lechniak, erklären Sie einem Piefke wie mir, was Haberer sind?«

Der Altbürgermeister sah Schreiber erstaunt an. »Bitte vielmal um Verzeihung für mein Schönbrunner Deutsch.« Er deutete eine Verbeugung an. »Do, wo i herkumm, red't mer holt so, wenn ma deitsch red't.«

»Südostpolen?«, riet Schreiber.

Lechniak nickte. »Ich stamm aus Galizien. Die Lemberger Gegend. A Grenzland, genau wie hier. Vorm Weltkrieg hot's zur Donaumonarchie g'hert. Gott erhalte Franz, den Kaiser, unsern guten Kaiser Franz. Hoch als Herrscher, hoch als Weiser, steht er in des Ruhmes Glanz.« Der Pole sang die Habsburger Hymne mit einer brüchigen Altherrenstimme. »Der Russ hot uns vertrieb'n, noch dem zweiten Krieg. Und jetzt san mir do. In der Neumark. Bei Kunersdorf, wo der Olte Fritz sei größte Niederlog erlitten hot. Und der Herr Hitler hot's endgültig verlur'n, dös Land hier.«

Mühsam hatte Schreiber kapiert, dass nichts endgültig gewonnen oder verloren ist, wenn man in längeren Zeiträumen denkt als von zwölf bis Mittag. *Don't speak too soon for the wheel's still in spin,* hatte Bobby schon mit Anfang zwanzig gedichtet. *For the loser now will be later to win.* Wieso war dieser Kerl so jung schon so weise gewesen und Dylan-Fans wie Hannes Schreiber im gleichen Alter noch so blöd?

Wurscht wieso, dachte der Reporter. Er wollte dem Mann nicht widersprechen, sonst glaubte der noch, Schreiber rede dem Revanchismus das Wort. Außerdem war er nicht hergekommen, um mit einem alten Polen die

Zeitläufte zu betrachten. Auch wenn ihm der Sinn danach stand. Er wollte mehr über Marek Napieralla erfahren. Kontaktadressen in Deutschland, wenn es welche gab.

»Hat der Napieralla noch Familie hier im Dorf? Leute, mit denen wir reden können?«

Der Bürgermeister rührte in seinem Kaffee und nippte daran. »Der Scharwenka vielleicht, mit dem könnten S' sprechen. Wann er net rauschert is. Bei dem ist da Marek aufg'wochsen, wie die Eltern versturb'n san. Der Scharwenka is da anzige Deitsche weit und breit. Waldarbeiter von Beruf. Der hot dem Marek des Deitsche beigebracht, wos ihm a bisserl g'holfen hot bei seine G'schäfterl. Vielleicht waß der Scharwenka wos.«

Schreiber ließ sich erklären, wo der Waldarbeiter hauste. Vera schwätzte mit ihrem Amtsbruder noch über ein deutsch-polnisches Bürgermeistertreffen, das im Frühling in Neuhardenberg stattfinden sollte. Dann verabschiedeten sie sich. Stanislaw Lechniak begleitete seinen Besuch zum Wagen und winkte ein wenig, als der Kangoo davonfuhr.

20

Waldarbeiter Scharwenka wohnte abseits des Dorfes. Eine Schotterpiste schüttelte die Insassen des Franzosen. Nach dreihundert Metern versperrte ein Schrotthaufen den Weg. Fahrradleichen, ausgeweidete Waschmaschinen, ein Polski-Fiat im Zustand fortgeschrittener Verwesung. Dazwischen, darüber, darunter undefinierbares Metallgerümpel, dem der Rost zusprach.

»Deutsche Ordnung«, sagte Schreiber und stieg aus.

»Polnische Wirtschaft«, konterte Vera und stieg auch aus.

Schon wieder kein Spaziergang, dachte Goethe und blieb drin.

Scharwenkas Behausung bestand im Wesentlichen aus Dachpappe. Wände, Tür und Dach überzog eine grauschwarze Elefantenhaut. An der Wetterseite wuchs Moos. Es gab zwei Fenster, die in einem früheren Leben Dachluken gewesen waren. Eins stand eine Handbreit offen.

»Hallo«, rief Schreiber, »jemand zu Hause?«

Hinter der Hütte knurrte es. So besoffen konnte Scharwenka gar nicht sein, dass er dieses Geräusch hingekriegt hätte. Der Reporter umrundete die Laube und stand vor einer Mischung aus Hundezwinger und Hühnerstall. Hinter Maschendraht, inmitten von Kot, Knochen und Küchenabfällen lauerte ein Wolf. Er hatte die Ohren nach hinten an den Kopf gelegt und die Rute zwischen die Beine geklemmt. Das Fell auf seinem Nasenrücken furchte. Der Wolf hatte die Lefzen hochgezogen, die Fangzähne lagen frei. Das Tier knurrte seine Angst heraus.

»Ist ja gut, Junge«, sagte Schreiber, »brauchst keinen Schiss haben. Tu du mir nix. Ich tu dir auch nix.«

Der Wolf verstand kein Deutsch. Er bleckte die Zähne noch ein bisschen mehr. Fast erwachsen war das Tier. Vielleicht knapp zwei Jahre alt. Offensichtlich ein Rüde. Schreiber konnte sich keinen Reim darauf machen, wie der Wolf in den Verschlag gekommen war. Er ging die paar Schritte zurück. Vera war weg. Die Tür stand offen. Der Reporter trat ein.

Dunkler Muff schlug ihm entgegen: aufgewärmter Kohl und ungewaschene Socken. Als sich seine Augen an das Dämmerlicht gewöhnt hatten, entdeckte er Vera. Sie stand vor einem Holzbett in der finstersten Ecke und sah hinein. Unter einer Pferdedecke lag ein Mann. Das Gesicht verquollen, von tagealten Stoppeln verschattet. Der Mund klaffte wie eine offene Wunde. Drei braune Zahnruinen hielten die schaumige Zunge im Zaum. Der Mann schnarchte, als ob er alle Bäume, die er zeit seines Lebens gefällt hatte, im Schlaf noch einmal umsägen müsste.

»Mach du ihn wach, Schreiber, ich fass den Kerl nicht an.« Vera schauderte. »Oder sollen wir besser gehen? Aus dem kriegst du heute eh nichts raus.«

»Versuch macht kluch.« Schreiber packte den Mann bei den Schultern. Bevor er mit dem Schütteln anfangen konnte, schnellte Scharwenka hoch, schwang die Beine aus dem Bett und baute sich vor dem Reporter auf. In seiner Hand blitzte ein nicht allzu kurzes Messer. Er zischte einen polnischen Satz. Schreiber wurde nass.

»Ruhig Blut, Scharwenka. Stecken Sie den Zachel weg. Niemand will Ihnen was.« Vorwurfsfreies Zureden. Schreiber kannte die Technik von der Polizei.

Der Waldarbeiter kannte sie nicht. Er hielt dem Reporter die Stichwaffe vor den Bauch und sagte nur ein Wort: »Raus!«

Vera schrie auf. Schreiber griff ihre Hand. Schritt für Schritt wichen sie zurück. Ließen die Augen nicht von Scharwenka und dem blanken Stahl in seiner Faust. Draußen vor der Tür schickte Schreiber die Bürgermeisterin mit einer Kopfbewegung zum Wagen. Er blieb stehen.

»Draußen bin ich jetzt, Scharwenka. Vielleicht können wir hier vernünftig reden. Unter Landsleuten.«

Der Waldarbeiter erschien in der Tür. Typ Kampfhahn, dachte Schreiber. Keine eins siebzig, der Mann. Er steckte in einem speckig grünen Overall, aus dem Füße herausschauten, die seit Wochen kein Wasser gesehen hatten. Er wankte nicht, als er vor die Hütte trat. Nur die verlangsamten, marionettenartigen Bewegungen verrieten den schweren Trinker.

Hinter dem Schrottplatz startete der Wagen. Schreiber drehte sich um und fasste nicht, was er sah. Vera haute ab. Im Rückwärtsgang scheuchte sie den Wagen über den Weg, wendete an einer breiteren Stelle und gab Gas. Schotter spritzte. Schreibers senfgelbe Seifenkiste verschwand samt Hund hinter der nächsten Kurve. Diese Frau war schon früher für Überraschungen gut gewesen. Aber das hier übertraf alles. Sie ließ ihn mit einem bewaffneten Besuffski in der Botanik zurück. Irgendwo am Arsch der Welt, wo nicht mal Handys funktionierten. Er schüttelte den Kopf.

Scharwenka tat das, was er für Grinsen hielt. Seine platt geklopfte Nase zog sich noch mehr in die Breite. Er besah den Reporter mit Augen, deren Glanz in grauer Vorzeit verstumpft war. Seine Stimme raspelte. »Wat wollt Ihr von mir?«

»Über Marek Napieralla reden.«

»Marreck is tot.«

»Ich weiß.«

»Warum lässt du mich dann nich in Ruhe?«

»Weil mich ärgert, dass man in Deutschland einen Polen abknallen kann, und kein Schwein kümmert sich.«

Scharwenka kratzte sich am Kopf. Fuhr mit den Fingernägeln durch die köterbraunen Haare. »Wat biste eigentlich, Kriminaler?«

Schreiber verzog das Gesicht. Staatsferne zu demonstrieren erschien ihm in dieser Räuberhöhle angebracht. »Ich bin Reporter.«

Scharwenka kaute eine Weile auf dem Beruf herum. »BILD-Zeitung?«

»Nee, *Magazin.*« Schreiber hatte nicht den Eindruck, dass der Name dem Deutsch-Polen etwas sagte. Und weiter wusste er auch nicht recht. Im Western nahte in solchen Situationen immer die Kavallerie. Im Eastern kam der Kangoo. Schreiber hörte das dieselige Tuckern seines Autos. Vera stieg aus. An ihrer Hand baumelte eine polnische Plastiktüte.

»Hol Gläser«, kommandierte sie.

Scharwenka bekam Wind unter die Flügel. Er steckte das Messer weg und verschwand in der Hütte. Vera lächelte sich faltig. »Angst gehabt, Hannes?«

»Nur um mein Auto.«

Sie gab ihm einen Klaps in den Nacken. Der Waldheini tauchte mit drei Sammeltassen vor der Tür auf. Für eine Cocktailparty war es draußen eigentlich zu kalt. Der Wind hatte auf Ost gedreht und den Regen vertrieben. Es mochte um die null Grad sein. Schreiber meinte, Schnee zu riechen. Er fror. In Scharwenkas Stinkbude wollte er aber auch nicht. Er beobachtete, wie Vera dem Typen die Tassen wegnahm, zur Regentonne ging und sie auswusch. Dann zog sie die Schnapsflasche aus der Tüte und drehte ihr den Hals um.

Der Reporter konnte kaum mit ansehen, wie Scharwenka der Droge entgegenfieberte. Fahrige Finger umschlangen die Tasse. Zitterten, als die grünliche Brühe hineingluckerte. Führten den vollen Pott ruckartig zum Mund. Hielten die Tasse wieder hin, als der Schnaps noch nicht im Magen angekommen sein konnte. »Zubrowka«, hauchte Scharwenka.

Schreiber entzündete eine Zigarette. Dann schon lieber

nikotinsüchtig. Er nippte an seinem Büffelgraswodka. Das Zeug schmeckte nicht mal schlecht, zu gut jedenfalls, um eine Suffnase zu begießen.

Nach der zweiten Ladung entspannte sich Scharwenka. Schreiber hätte gern gewusst, wie alt der Trinker war. Er sah aus wie siebzig, aber das lag am Alk. Wahrscheinlich war er kaum älter als Schreiber.

»Was ist nun mit Marek? Hat er dir erzählt, was er in Deutschland getrieben hat?«

»Der Marreck hat viel erzählt. Marreck war Angeber. Wollte größte Geschäftsmann an der Grenze sein.« Scharwenka lachte dreckig. »Mein kleiner Marreck.«

Er hielt Vera die Tasse wieder hin. Schreiber schob sie zurück.

»Erst wird geredet. Hatte Marek Kontakte auf der andern Seite der Oder? Hat er mal Namen genannt?«

Der Waldarbeiter bockte. Er hob die Tasse und schwieg. Schreiber nickte Vera zu. Die nächste Ladung Wodka verschwand im zahnlosen Maul.

»Marreck war Polack. Kannte Jungs in Frankfurt und Berlin. Kerle von hier. Rumänen. Ukrainer. Nur Russkis kannte er nich. War richtiger Polack, mein kleiner Marreck.«

»Ich hab gehört, dass du ihm Deutsch beigebracht hast.«

Scharwenka nickte triefnasig.

»Hatte er auch Kontakt zu Deutschen?«

Der Mann im Overall, der mit nackten Füßen auf der Erde stand, als könnte die Kälte seinen dreckigen Tretern nichts anhaben, wollte wieder Wodka. Vera schüttete nach. Wenn das so weiterging, war bald Schluss mit lustig.

»Kannte der Marek Leute am andern Ufer? Hat er Deutsche erwähnt, Scharwenka?«

»Marreck hat viel erzählt. Vom Schloss an der Oder, wo er Besitzer kennt. Kleiner Prahlhans war mein Marreck.«

»Der Mann mit dem Schloss, was hatte der Marek mit dem zu tun? Geschäfte?«

Scharwenka nickte. »Der Mensch soll Stoffhändler sein. Hat Marreck gesagt. Stell sich einer vor! Mein kleiner Marreck in Textilbranche.«

»Bei uns in Deutschland nennt man auch Drogen Stoff. Hat Marek von Drogen erzählt?«

Der Waldarbeiter war baff. »Stoff, Marreck hat immer Stoff gesagt. Hab ich Millerr wiederr Stoff gebracht.«

»Wie heißt der Mann? Miller?«

Scharwenka griente. »Nix Miller. So sprach Marreck deutsch. Müller hieß der Kerl. Oder Meier. Deutscher Name.«

Auch mit einem weiteren Wodka war Scharwenka nicht auf die Sprünge zu helfen. Wurst, ob Meier oder Müller, viele Schlossherren dieser Namen gab es an der Oder nicht. Schreiber kannte nur einen. Er wechselte das Thema.

»Schönen Hund hast du da hinter der Hütte, Scharwenka. Ist der reinrassig?«

Unter schweren Lidern sah ihn der Trinker an. »Deutscher Schäfer«, sagte er, schon etwas verwaschen. »Kannst du kaufen.«

»Wie viel?«

»Eine Flasche.« Er streckte Vera die Tasse entgegen. Schreiber nickte. Sie füllte nach.

»Hast du noch mehr davon?«

»Im Frühjahr krieg ich neuen Wurf.«

Schreiber krallte Scharwenkas Overall an der Brust, zog den Kerl zu sich heran. Scheiß was auf das Messer. »Verarschen kann ich mich allein. Dein Schäferhund ist ein Wolf.« Er schubste den Suffkopp weg. Scharwenka schwankte.

»Bist kein blöder Polack, Reporter. Der Trick klappt nur bei Polacken. Dem verkauf ich Wolf als Schäferhund.« Er kicherte sabbernd.

Schreiber juckte es in den Fingern. Aber er semmelte ihm keine rein. »Woher kriegst du die Wölfe?«

»Da staunst du, wie? Woher Scharwenka Wölfe hat? Aus dem Wald, Reporter. Aus dem Wald. Scharwenka weiß, wo Wölfe wohnen. Im Frühling gräbt er Jungschen aus. Geht ganz einfach. Schnell verdienter Schnaps. Weil der Polack blöd is. Weiß nich mal, wie Deutscher Schäferhund aussieht.«

Schreiber hatte die Schnauze voll von Scharwenka. Welpen ausgraben war die sicherste Methode, ein Wolfsrudel zu dezimieren. Er durfte nicht daran denken, was mit den Jungtieren passierte, wenn sie ihren Besitzern über den Kopf wuchsen. Im besten Fall vegetierten sie für den Rest ihres Lebens im Zwinger. Im schlechtesten überlebten sie das erste Jahr nicht.

»Ich kauf deinen Wolf, Waldarbeiter«, sagte Schreiber. »Für drei Flaschen Zubrowka. Nächste Woche komm ich vorbei und hol ihn. Wenn er dann nicht mehr da ist, hau ich dich bei den Gendarmen in die Pfanne.«

Er wippte mit dem Kopf Richtung Auto. Vera und er zogen ab.

Hinter ihnen schrie Scharwenka nach Schnaps.

21

Am Rande des Warthebruchs, als er meinte, genug Kilometer zwischen sich und Scharwenkas Schnapsfahne gelegt zu haben, parkte Schreiber den Wagen. Schneeflocken wirbelten im Wind. Dicke Dinger, die auf dem Boden zur Ruhe kamen. Goethe hüpfte aus dem Heck, schnupperte und tanzte den Schneewalzer. Vorne runter, hinten hoch, drei Satz vorwärts, zwei zurück. In ihrem Fell fingen sich Flocken. Lächelnd folgten die Menschen dem Hund. Vera streifte die Kapuze über. Ihr Gesicht rundete sich. Schreiber zog die Fleecemütze in die Stirn und verklappte die Ohren.

»Du siehst wie Oberförster Pudlich aus.« Vera knuffte ihn in die Seite.

»Der Mann ist mir unbekannt. Sieht er gut aus?«

»Wie Robert Redford.«

»Na dann.«

Schweigend gingen sie weiter. Alle Farben wichen. Außer Grau und Weiß. Bleigrau die Wasser der Warthe, fliederweiß der Schnee, der das abgefallene Erlenlaub überzog. Die Konturen der Landschaft lösten sich auf, Weidenbüsche hüllten sich in Schneeschleier. Keines der Tiere, die Schreiber auf dem Hinweg gesichtet hatte, ließ sich mehr blicken. Das einzige Geräusch auf der Welt war das Knirschen des Schnees unter ihren Schuhen. Schreiber fühlte sich jenseits von Zeit und Raum. Kein Barthelmus bedrängte ihn. Kein einsamer Hotelzimmerabend irgendwo zwischen Nordhausen und Niederkrüchten. Keine Erinnerung an Frauen, Freunde und Familie, die er im Laufe des Lebens verloren hatte. Es gab keine Vergangenheit und keine Zukunft, nur Hier und Jetzt. Vera, der Weimaraner und er im Schnee.

Er wusste nicht, wie lange sie schon gelaufen waren, als das Haus vor ihnen auftauchte. Honigfarben schimmerte sein Holz. Warmes Licht fiel aus den Fenstern. Es gab ein Schild neben der Tür mit allerlei Buchstaben, die Schreiber nicht sinnvoll zusammensetzen konnte. Vera kannte ein paar Brocken Polnisch, gerade genug, um das Geschriebene als Speisenkarte identifizieren zu können.

»Hunger, Hannes?«

Die Mittagszeit war längst verstrichen. Schreiber hatte seit dem frühen Brötchen im *Oderblick* keinen Happen mehr zum Mund geführt. Er nickte.

Auch drinnen war das Gasthaus ganz aus Holz. Kiefernbänke längs der Wände, ungeschliffene Dielenbretter. Weiß gescheuert die Tische. Es gab keine Gäste außer ihnen. Nach einer Weile erschien die Wirtin in der Tür hinter der Theke. Die Frau zog die Kittelschürze aus, hängte sie an einen Haken und kam an ihren Tisch. Sie war vielleicht Ende zwanzig und auf die Schneeweißchen-und-Rosenrot-Art, die Schreiber für typisch slawisch hielt, zurechtgemacht. Nicht unhübsch, fand er.

Die Wirtin streichelte zuerst die Hündin, gurrte krauses Zeug und drohte Goethe schelmisch mit dem Zeigefinger, als die sich auf den Rücken warf.

Vera stammelte Wörter voller Zisch- und Quaklaute. Die Polin radebrach zerbrochenes Englisch, schwerer zu verstehen als ihre Muttersprache.

»Auf was habt ihr euch verständigt?«

»Wenn ich das wüsste!« Vera lachte. »Jedenfalls gibt's erst mal Piwo.«

Piwo. Ein Wort aus Kindertagen. Piwo hatte sein Großvater manchmal gesagt, wenn er Bier meinte. Mottek: der Hammer, Jeika: das Ei. Die einheimischen Bergleute hatten sich lustig gemacht über die polnischen Kumpel, die auf der Suche nach Arbeit an die Ruhr gekommen waren. Witze von Stachu und Antek erzählt. Das Lied von der Polenhochzeit gesungen, die in einer Massenschlägerei gipfelte. *Dem Keilerei ging aus ganz gutt, war nur zwei Mann, drei Frau kaputt. Was sonst noch war auf Hochzeitsschmaus, lag all in Gips bei Krankenhaus.* Trotzdem hatten sie sich aneinander gewöhnt, die deutschen und die polnischen Bergarbeiter. Weil es nicht anders ging. Sie mussten sich aufeinander verlassen können bei der gefährlichen Maloche, tausend Meter unter Tage.

Tempi passati. Zwar strotzten die Telefonbücher im Kohlenpott immer noch vor polnischen Namen. Abramczyk, Zembralla, Waschmaschinowski. Viele hatten sich auch eindeutschen lassen. Aus Janusz Wiwiora wurde Hans Eichhorn. Dessen Enkel brüllten »Ausländer raus!«, wenn sie Ärger mit den Türken hatten.

Das Piwo kam in Pullen. Es nannte sich *Lord.* Vitzewitz fiel Schreiber ein, aber er verkniff sich Bemerkungen. Die Wirtin stellte Gläser auf den Tisch, sagte »Kapusta« und zeigte auf ihre Uhr. Sie nickten freundlich und begriffen nichts. Vera nippte am Schaum, leckte sich die Lippen. Es war warm in der Hütte. Schreibers erstes Glas Bier verdampfte in der Speiseröhre.

»Lass langsam gehen! Du hast doch eben gesehen, wie das endet.«

Sie gingen nochmal ihr Abenteuer mit dem Waldarbeiter durch. »Gar nicht schlecht, deine Schnapsidee.« Schreiber sah, dass Vera sich nicht über sein Lob freute.

»Hab ich wieder was falsch gemacht?«

»Schon gut, Hannes. Ich hab dir nie erzählt, dass mein Vater Alkoholiker war.«

Schreiber schwieg. Er kraulte Goethes wuschelige Wamme. Die Hündin lag unter der Bank in Hab-Acht-Stellung. Um diese Zeit bekam sie normalerweise Futter. »Geduld, Goethe.«

Dann brachte die Wirtin das Essen. Sie hatte Mühe, mit dem Tablett durch die Thekentür zu schwingen. »Kapusta«, sagte sie noch einmal und stellte eine Badewanne voll Sauerkraut auf den Tisch.

»So verschieden scheinen Deutsche und Polen dann doch nicht zu sein.« Schreiber löffelte Vera einen Haufen Kappes auf den Teller.

Im zweiten Anlauf balancierte die Wirtin eine Platte Weißfische. In Mehl gewendet, in Butter gebraten. Goldbraun, fast süß. Mit dem sauren Kraut verstanden sie sich hervorragend. Schreiber hatte richtig Spaß. »Ganz einfach, aber genial. Wär ich nie drauf gekommen.« Er prostete Vera zu.

Sie bestellten noch zwei Bier, verputzten allen Fisch und das meiste vom Kapusta. Goethe bekam eine Semmel aus dem Körbchen auf dem Tisch. Sie waren satt und zufrieden, als der Kaffee kam.

»Magst du mir erzählen, was du nach Berlin gemacht hast?«

»Du meinst, nach dir? In Berlin bin ich noch ein paar Jahre länger geblieben.«

»Also gut. Nach mir.«

»Nach dir habe ich Gottschalk geheiratet. Musst du doch mitgekriegt haben. Ich hab dir doch 'ne Hochzeitskarte ins Büro geschickt.«

»Nie angekommen«, log Schreiber. In Wahrheit hatte er den Umschlag ungeöffnet weggeworfen. »Und wie ist es gelaufen mit Gottschalk?«

»Nicht schlecht. Wirklich nicht. Wir haben beide bei der Gauck-Behörde gearbeitet. Über Politk haben Gottschalk und ich uns jedenfalls nie gestritten.« Sie sah den Reporter ruhig an.

»Das Kontrastprogramm also.« Schreiber dachte an die wilden Wortwechsel mit Vera. Sätze voller Gift und Galle. Er hatte die DDR bis zum Schluss für das bessere Deutschland gehalten und die Wende als persönliche Niederlage erlebt. Sie hatte den ersten deutschen Arbeiter- und Bauernstaat von innen erlitten und freute sich wie verrückt über die neu gewonnene Freiheit.

»Bernd ist Mitte der Neunziger krank geworden. Es fing ganz harmlos an. Aber die Magenschmerzen wurden immer schlimmer. Irgendwann konnte er nichts mehr essen und ging zum Arzt. Der hat ihn sofort in die Charité geschickt. Operation. Chemotherapie. Es hat alles nichts gebracht.«

Schreiber steckte zwei Zigaretten an und gab Vera eine. Er legte seine Hand auf ihren zittrigen Arm. Vera schluckte. Zog an der Lucky, hustete. Tränen wässerten ihre Augen. Aber sie weinte nicht.

»Als Bernd gestorben war, wusste ich nicht, was ich noch in Berlin sollte. Bei der Arbeit erinnerte mich alles an ihn. In der Wohnung auch. Also hab ich meine Sachen gepackt und bin nach Hause gefahren. Busow hatte mich wieder.«

»Und was hast du angestellt, um Bürgermeisterin zu werden?«

»Ich hab gar nichts angestellt. Die haben mich angestellt. Als mein Vorgänger in Rente gegangen ist, haben mich ein paar Leute aus dem Ort vorgeschlagen. Vera, du bist von hier. Du warst in Berlin. Du kannst das.«

»Von welcher Partei waren die paar Leute?«

»Sorgen, Hannes? Magst du mich nicht mehr, wenn ich in der CDU bin?«

Schreiber schmollte. Rührte in seiner leeren Kaffeetasse. Drehte sie, bis dem braunen Tropfen am Boden schwummerig wurde. »Würdest du mir glauben, dass ein Kumpel von mir in der CDU ist? Und ein anderer Oberstleutnant bei der Luftwaffe?«

Vera schüttelte den Kopf, dass die Backen flogen. »Nie im Leben.«

»Wir haben uns lange nicht gesehen.«

»Zu lange.« Sie verteilte das restliche Piwo auf die Gläser, peinlich darauf bedacht, dass in beiden gleich viel landete. Nach einigem Hin und Her hielt der Pegel die Waage. »Auf die Gleichheit.«

Sie tranken das Bier in kleinen Schlucken und schwiegen. Vor dem Fenster sackte der Schnee in schweren Flocken zu Boden. Als Schreiber den Glanz in Veras Augen sah, kam ihm die Frage, für welche Partei sie kandidierte, so was von idiotisch vor, dass er sich lieber die Zunge abgebissen hätte, als sie zu stellen.

Die Wirtin kam an ihren Tisch und wollte irgendwas wissen. Vera schüttelte den Kopf und zahlte in Zloty. Sie zogen ihre Jacken über. Schreiber weckte den Weimaraner.

Draußen lag der Schnee nun knöchelhoch. Vera hakte sich bei dem Reporter ein. Es dämmerte. Der Weg zurück zum Wagen zog sich. Vera blieb stehen.

»Wollen wir uns das antun?«

»Was?«

»Bei dem Wetter zurückfahren. Vielleicht gibt es im Gasthaus ein Zimmer für uns.«

»Nur eins?« Schreiber drehte Vera das Gesicht zu. Sie war einen Kopf kleiner als er und sah mit gespieltem Ernst zu ihm auf.

»Eins ist billiger. Oder schnarchst du neuerdings?«

»Da musst du Goethe fragen.«

»Niemand sonst, der Auskunft geben könnte?«

Schreiber schüttelte den Kopf.

»Armer, alter Hannes.« Vera zog die Hand aus der Jacke und tätschelte seine Backe. Sie nahm die Hand nicht weg. Schob sie stattdessen in seinen Nacken und zog seinen Kopf zu sich. Ihre Lippen betasteten seinen Mund. Dann war ihre Zunge da, nass, warm und schnell.

Schreiber schloss die Augen. Schwindel. Das Gefühl haute ihn fast um. Gut, dass Vera ihn festhielt. Sie hatte die Arme um seinen Hals geschlungen und ließ nicht los.

Schreiber kam wieder zu sich, als Goethe ihm in die Kniekehlen stupste. Er ließ einen Arm hängen und klapste den Köter.

Vera machte sich los. Sie knuddelte die Hündin. »Eifersüchtig?«

Eng umschlungen gingen sie in ihren Spuren zurück.

22

In der Nacht hatte es aufgehört zu schneien. Sie verließen den Gasthof nach dem Frühstück. Gepäck hatten sie immer noch keins. Nur Erinnerungen an eine Nacht im Nirgendwo. An die Wärme, die der Kachelofen abstrahlte, und die Scham, die sie empfanden, als sie sich nach zwölf Jahren voreinander auszogen. Sie waren nett damit umgegangen, hatten das Licht nicht gelöscht und die Angst mit ein paar Frotzeleien vertrieben. Mit den Händen erkundeten sie die Veränderungen ihrer Körper. Schreiber streichelte die Rundungen an Veras Hüften. Vera kniff in das Speckröllchen an seinem Bauch. Sonst war alles noch an seinem Platz. Sie liebten sich auf eine ruhige, erwachsene Art. Bewegten sich bedächtig. Vera summte leise, wie sie es früher schon getan hatte. Schreiber flüsterte ihr Sachen ins Ohr. Erst gegen Ende, als in der Hitze alle Angst schmolz, wurden sie heftiger. Vera drehte Schreiber auf den Rücken und drückte seine Handgelenke auf das Bett. Wiegend ritt sie dem Ziel zu. Schreiber streckte sich ihr entgegen, bis alle Kraft aus seinem Körper pulste. Seufzend sank Vera an seine Seite.

Ihm war es vorgekommen, als ob sie sich während des Schlafs keinen Millimeter bewegt hätten. Morgens streichelte er Vera wach. Sie kuschelten noch ein bisschen, ehe sie aufstanden, sich wuschen und runtergingen.

Der Kangoo sah aus wie ein Iglu. Schreiber drückte die Fernbedienung. Ein Erfolg war nicht zu erkennen. »Hauptsache nicht geklaut«, sagte er.

»Lag nur an der Tarnung«, meinte Vera.

Sie legten die Türen mit den Händen frei. Drinnen gab es einen Satz Eiskratzer, mit denen sie den pulvrigen Schnee auf den Scheiben beiseite schoben. Rotfingrig stiegen sie ein. Schreiber startete. Der Diesel schüttelte sich unwillig und tuckerte dann doch los. Beim Zurücksetzen merkte Schreiber, dass Goethe noch draußen war. Er hielt an, entschuldigte sich formvollendet und bat die Hündin herein.

Vera grinste. »Wie hieß Alzheimer mit Vornamen?«

Schreiber musste passen.

»Siehst du, Hannes, so fängt das an.«

Auf den Straßen war der Schnee noch nicht geräumt. Schreiber erfreute sich am Vierradantrieb seiner Karre, die problemlos durch die Landschaft schnurrte.

Vera kramte in ihrer Handtasche und hielt ihm ein Hustenbonbon hin. »Was hast du jetzt vor, großer Reporter?«

Statt zu antworten drückte Schreiber ihr einen Schmatz auf die Backe.

»Das kann doch nicht alles sein.«

»Willst du mehr?« Er trat auf die Bremse. Der Kangoo schwänzelte.

Vera quiekte. »Jetzt dreh mal nicht gleich durch! Sag mir lieber, was du die nächsten Tage in meinem Sprengel treiben willst. Als Bürgermeisterin sollte ich das wissen.«

»Nächtliche Ereignisse haben mich davon abgehalten, einen Plan zu schmieden, Frau Amtsvorsteherin. Ich denke aber, ich werde mal mit den Bullen über Martmanns Tod reden. Die sollten inzwischen geklärt haben, wie es passiert ist.«

»Worauf tippst du?«

»Ich tippe nicht mal im Lotto. Möglich scheint mir alles. Selbstmord, Unfall oder Mord. Mord wär natürlich toll.«

»Sag mal, spinnst du, Schreiber?«

»Spinnen tu ich auch nicht. Für die Geschichte machte sich Mord einfach besser. Tot ist der Mann so oder so. Ihm kann's also egal sein.«

»Mir aber nicht.« Vera stampfte mit dem Fuß gegen das Bodenblech. Ein Klumpen Schnee plumpste von ihrem Schuh. »Ich will nicht, dass mein Dorf als Mördergrube in die Presse kommt. Dann bleiben die Touristen weg. Ich brauche positive Schlagzeilen. *Adonisröschenblüte am Oderhang. Mit dem Traumschiff auf der Oder.* Und nicht: *Busow oder der Tod.*«

»Für die Abteilung Adonisröschen bin ich der falsche Mann. Und das *Magazin* das falsche Blatt.«

Sie schwieg. Wie eine Nebelwand schob sich der alte Streit zwischen sie. Statt Westlinker trifft Ostdissidentin diesmal Journalist und Bürgermeisterin, die auf ihr Kaff nichts kommen lässt. Schreiber versuchte einzulenken.

»Warten wir erst mal ab, was die Bullen sagen, Vera. Bitte.« Er nahm die Hand vom Lenker und legte sie auf ihren Schenkel. Sie ließ es geschehen.

»Außerdem sollte ich mich um einen gewissen Schlossherren kümmern. Miller oder Meier. Deitscher Name. Was weißt du eigentlich von dem?«

»Nicht viel. Meier ist hier vor ein paar Jahren aufgetaucht. Mit der Clique von diesem Drosselstein. Am Anfang nur im Herbst zur Jagd. Und plötzlich hat er dem Graf den Schuppen abgekauft. Seitdem ist er öfter hier.«

»Was macht der Meier beruflich?«

»Wenn du mich fragst, nix.«

»Nix ist wenig.« Er grübelte ein bisschen herum, während sie durch Kostrzyn fuhren. »Habt ihr eigentlich ein Drogenproblem in Busow?«

»Ja«, sagte Vera. »Die Leute saufen zu viel. Und zwar nicht wie früher in Gesellschaft. Im Anglerheim oder auf der Brigadefeier. Heute sitzen sie allein vor der Glotze und schlabbern Dosenbier.«

»Wie viele Arbeitslose hast du in deinem Beritt?«

»Es gibt keine Extrazahlen für Busow. Dafür sind wir zu klein. Ich schätze aber knappe dreißig Prozent. Plus weitere zwanzig, die in irgendwelchen Maßnahmen stecken.«

Eigentlich wäre das Schreibers Stichwort gewesen, um in einen längeren Monolog über den Kapitalismus als solchen auszubrechen. Und über die Landsleute, die ihn sich an den Hals geholt hatten. Aus durchsichtigen Gründen verzichtete er darauf. Fragte Vera stattdessen, wie denn die Stimmung bei den Untertanen sei, zwölf Jahre nach der Wende.

»Die einen sagen so, die andern sagen so. Wer Arbeit hat und das Geld, ab und zu mal zu reisen, der jammert nicht. Der Rest hat Mühe.«

»Was ist mit den Wessis?«

»Viele haben sich nicht zu uns verlaufen. Die meisten kennst du. Lewin ist mein Vorzeige-Adliger. Hat sich total integriert. Den respektieren die Leute. Außerdem bringt der Name Vitzewitz Touristen nach Busow. Angenehme Leute, die auf Fontanes Spuren durch Brandenburg reisen.«

Es war albern, aber Schreiber konnte nichts tun gegen einen Anflug von Eifersucht, der sich, wie alle unguten Gefühle, zuerst in seinem Magen bemerkbar machte. »Ist seine Frau für immer weg?«, fragte er, bemüht beiläufig.

Vera sah ihn von der Seite an. »Was ist schon für immer, Hannes?«

»Der Tod. Wenn du nicht an Auferstehung glaubst.«

»Lewin glaubt daran.«

»Ich nicht.« Er steckte sich eine Zigarette an. Sie passierten die Grenze genauso problemlos wie auf dem Hinweg. Vor ihnen zog sich die Bundesstraße 1 schnurgerade durchs Oderbruch. Im Prinzip hätte Schreiber auf diesem Highway bis nach Hause durchfahren können. Vom Oderbruch ins Ruhrgebiet. Ein Land, zwei Welten. Aufs Stichwort tauchte der blonde Baron in seinen Gedanken auf.

»Warst du eigentlich mit Vitzewitz schon auf diesem Adelsball?«

»Ja.«

»Und? War's nett?«

»Ging so.«

»Klingt nicht besonders begeistert.«

Vera fingerte sich eine Lucky aus seiner Schachtel. Schreiber hielt ihr die Flamme unter die Nase. Sie sog.

»Ich hätte nicht hingehen sollen. Nicht als Ersatz für Lewins Frau. Die haben mich angeguckt wie eine kleine Schickse aus dem Osten, die der Baronin Vitzewitz den Mann weggeschnappt hat. Besonders die alten Schrapnellen. Die saßen zusammen an einem Extratisch. Weißt du, wie Lewin den genannt hat? Den Drachenfels.« Sie gibbelte.

Schreiber ließ sich zu einem Schmunzeln hinreißen.

23

Er brauchte nicht zur Polizei zu gehen. Die Polizei kam zu ihm. »Ein Herr von der Kripo will Sie sprechen.«

Die Bedienung im *Oderblick* dirigierte Schreiber an einen Tisch, an dem ein Mann in Jeans und Pullover ein Jägerschnitzel verspeiste. Der Bursche sah aus wie Anfang vierzig und trug einen schmutzig blonden Schnäuzer. Wuschelige Brauen bauten Brücken über graue, kühle Augen.

»Ausflug gemacht?«, fragte der Bulle, ohne sich vorzustellen.

Schreiber brummte Zustimmung.

»Wie war's denn beim Polen?«

Klopfte der nur auf den Busch oder was? Der Reporter sagte nichts, setzte sich an den Tisch und studierte die Speisenkarte. Oder besser, er tat so. Erstens kannte er das Ernährungsangebot des Etablissements inzwischen auswendig und zweitens hatte er seine Lesehilfe nicht dabei. Blind entschied er sich für die Salatplatte.

»Würde es Ihnen was ausmachen, sich kurz auszuweisen?«, fragte er, nachdem das Grünzeug geordert war. »Ich weiß, dass das früher hierorts nicht üblich war. Aber da, wo ich herkomme, macht man es so.«

Der Bulle zog seine Theo-Waigel-Brauen noch einen Tick höher. »Wo kommen Sie denn her?« Betonung auf ›Sie‹.

»Bochum, wenn Ihnen das was sagt.«

»Bochum, Bochum«, sagte der Bulle, natürlich mit kurzem o, was aus dem Namen der Stadt einen Hustenanfall machte. »Kommt da nicht auch dieser Grölemeyer her?«

»Herbert Grönemeyer kommt auch aus Boooochum.«

»So, so«, sagte der Bulle, als ob es strafverschärfend hinzukäme, dass der Ort außer einem vorlauten Reporter auch noch einen lauten Sänger hervorgebracht hatte. »Ich hab ein paar Fragen wegen dem Tod von Martmann.«

»Sie auch?« Schreiber begann den Salat zu mümmeln. Schnitt die Blätter in mundgerechte Stücke, sortierte den Mais, den er auf den Tod nicht mochte, an den Tellerrand, kaute lang anhaltend, speichelte alles gründlich ein. Die Nahrungsaufnahme absorbierte seine gesamte Aufmerksamkeit. Um den Beamten konnte er sich da nicht auch noch kümmern.

Irgendwann war der das Spielchen leid. Er schob seinen Dienstausweis über den Tisch. Sandro Berger. Kriminalhauptkommissar. Der Reporter revanchierte sich per

Presseausweis. Berger hielt ihn zwischen den Fingern, als ob die Pappe Krankheiten übertrüge.

»Da steht ja gar nicht drauf, für wen Sie arbeiten.«

Schreiber reichte die Visitenkarte nach. »Alles klar so weit? Das Familienstammbuch hab ich leider nicht zur Hand.«

»Nun ist gut, Herr Schreiber!« Der Kommissar lehnte sich zurück. »Sagen Sie mir lieber, was Sie an dem fraglichen Morgen erlebt haben.« Er zückte eine Kladde, deren Mitte der Kuli beulte.

Blöd war Berger nicht. Die Frage war so formuliert, dass alles im Vagen blieb, Schreibers Status genauso wie die amtliche Einschätzung des Todesfalls. Der Reporter hatte schon zu viele Polizeiakten gelesen, um dem Kommissar das durchgehen zu lassen.

»Lieber Herr Berger«, begann er, »wenn das hier eine Vernehmung werden soll, dann frage ich mich natürlich zu allererst, welchen Charakter sie haben soll. Zeugenschaftlich oder als Beschuldigter? Und dann frage ich mich noch, ob es sich hier um eine ordinäre Leichensache handelt, Sie also von einem Jagdunfall ausgehen oder von Suizid. Oder ob wir es mit einem Tötungsdelikt zu tun haben.«

Der Hauptkommissar massierte seinen Schnauz, dass die Haare gen Himmel standen. »Ich werde Ihnen doch nicht den Stand der Ermittlungen preisgeben.«

»Sie werden verstehen, dass ich unter diesen Umständen lieber meinen Mund halte.« So schwer's mir auch fällt, dachte Schreiber.

»Noch 'n Getränk, die Herren?« Die Kellnerin räumte die abgefressenen Teller weg und wartete auf Orders. Berger wollte Kaffee, Schreiber auch.

Als die dampfenden Tassen vor ihnen standen, hielt der Reporter das Schweigen nicht mehr aus. »Ein älterer Herr aus Adelskreisen hat mir mal gesagt, mit den Frauen sei es eine Sache von Geben und Nehmen. Du gibst und sie nehmen. Bei Ihnen kommt mir das auch ein bisschen so vor. Sie wollen was von mir wissen, selbst aber nichts sagen. Das kann nicht funktionieren, Herr Hauptkommissar.«

Schreiber nahm einen Schluck von dem heißen Kaffee. »Ich glaub, ich kenn Ihr Problem«, sagte er dann.

»So?«

»Mmh. Ihr Problem heißt Schrot.«

Der Schnauz ließ sich nichts anmerken. Er rührte in seiner Tasse, dabei war die Milch schon längst verquirlt.

Der Reporter fand den Mann zunehmend mühsam. »Lieber Herr Berger, warum geben Sie hier den geheimen Eichkater? Jeder Jungjäger lernt doch, dass beim Kugelschuss das Projektil der Waffe, aus der es verschossen wurde, zugeordnet werden kann.«

Berger nickte. »Und?«

»Beim Schrotschuss aber nicht. Weil die Flintenläufe innen glatt sind. Falls Sie bei der Obduktion ein Schrotkorn gefunden haben sollten, was ich nach persönlicher Inaugenscheinnahme der Leiche bezweifle, dann hilft Ihnen das nicht weiter. Es sei denn, es wäre ein anderes Schrotkaliber als das in Martmanns Flinte. Das glaub ich aber nicht. Soweit ich gesehen habe, schießen alle Busower Jäger auf Gänse vier Millimeter *Torhammer.* Diese weißen Plastikhülsen von *Schönebeck.*«

Schreiber merkte, dass er bei Berger Punkte machte. Der Bulle hatte ihn offensichtlich für einen Ahnungslosen gehalten. Wie viele Männer seines Standes, wenn sie auf Jornalisten trafen. Oft lagen sie damit goldrichtig.

Schreiber setzte nach. »Es gibt nur eine Sache, durch die Sie einen Unfall oder Selbstmord definitiv ausschließen könnten.«

»Und die wäre?«

»Der Zustand von Martmanns Flinte. Wenn in deren Läufen zwei unabgeschossene Patronen gesteckt hätten, dann müsste jemand anders den Weidgenossen geköpft haben. Tote laden nicht nach, Herr Berger, oder ist Ihnen so ein Fall schon mal untergekommen?«

Der Kripomann schüttelte den Kopf. Schreiber war obenauf. Er streckte sich in seinem Stuhl, bis nur noch Hintern und Hals das Holz berührten. Mit im Nacken verschränkten Händen redete er gegen die Decke.

»Wenn aber, wie ich annehme, eine oder zwei abgefeuerte Patronen in Martmanns Läufen steckten, dann könnte der tödliche Schuss sehr wohl aus seiner eigenen Waffe stammen. Und schon ist alles wieder offen. Unfall, Selbstmord oder Mord. Ich glaube, Sie stochern immer noch im Nebel, Hauptkommissar.«

Berger zeigte Wirkung. Er trank seinen Kaffee zu hastig aus und verschluckte sich prompt. »Bochum, Bochum, Bochum«, hustete er.

Schreiber sackte wieder auf seinen Sitz. Bergers Notizbuch lag unberührt auf dem Tisch. Neues hatte der Reporter ihm nicht erzählt.

»Wie soll Martmann nach Ihrer Meinung denn umgebracht worden sein?«

Dieser Bulle war richtig tricky. Glaubte der eigentlich, dass Schreiber der Mörder war? Oder schloss er einfach gar nichts aus?

»Könnte, nicht soll«, konterte Schreiber. »Wie Martmann umgebracht worden sein könnte, wissen Sie doch besser als ich. Einer löst sich aus der Schützenkette, geht im Nebel fünfzig Meter nach hinten. Umschlägt ein paar Nachbarn und taucht an Martmanns Stand auf. Wenn er direkt neben Martmann gesessen haben sollte, ist es noch einfacher. Vielleicht fragt er Martmann, ob der ihm ein paar Patronen leihen kann. Und peng.«

Bergers Grauaugen bohrten sich in Schreibers Gesicht. »Sie wissen aber genau, wie man's macht«, sagte er, überhaupt nicht anerkennend. »Wo haben Sie eigentlich an diesem Morgen gesessen?«

»Sieh mal einer guck! Ein kluges Wort und schon ist man der Mörder.«

»Und wo haben Sie nun gesessen?«

»Das wissen Sie doch längst, Berger. Schauen Sie auf Ihrer Tatortskizze nach! In Fahrtrichtung links neben Egon Meier. Der könnte mir sogar ein Alibi geben. Wir haben uns so gerade noch sehen können an dem besagten Morgen.«

Lächeln konnte man das wirklich nicht nennen. Dafür suchte Hauptkommissar Berger sicher den Aktenkeller auf. Er verzog die schmalen Lippen einen Tick Richtung Ohr. Gerade so, dass es auffiel. »Ihr Entlastungszeuge ist verschwunden, Herr Schreiber. Egon Meier ist seit zwei Tagen abgängig. Vorgestern Abend von der Jagd nicht zurückgekehrt. Sagt sein Butler.«

Schreiber hätte sich gern mit einem vernünftigen Polizisten ausgetauscht. Über Martmanns Grundstücksgeschäft. Über Meiers Kontakt zu dem toten Polen und dessen Tod an der vereisten Oder. Aber Berger war kein vernünftiger Polizist. Er war ein misstrauischer, verschlagener Bulle, der eher seine Zähne ausgespuckt hätte als ein Bröckchen seiner Erkenntnisse.

24

Der Mann stand vor dem Käfig und sah dem Kanarienvogel zu. Hansi hockte auf der Stange vor dem Fressnapf. Das Köpfchen schief auf dem Körper. Ab und an pickte er, entspelzte ein Korn. Hansi hatte seit Tagen keinen richtigen Hunger. Er sang auch nicht mehr.

»Lass du mich nicht auch noch allein«, sagte der Mann.

Seit vorigen Sommer seine Frau gestorben war, redete er mit dem Vogel. Erzählte ihm von seinen Sorgen und dem Reißen in der Schulter. Sonst hatte er niemanden mehr. Der Sohn, den seine Frau damals mit in die Ehe gebracht hatte, kam nicht mehr nach Hause. Trieb sich lieber im Wald rum. Nur einmal waren sie sich noch über den Weg gelaufen.

Der Mann schüttelte unwillig den Kopf. Wie der Junge bloß rumlief! Zöpfe trug der jetzt. Wie die Mädchen früher. Die Indianerfilme, die hatten den Erwin verrückt gemacht. Warum mussten die hier diesen Quatsch aus dem Westen nachmachen? Gab doch genug Vorbilder in der DDR. Ernst Thälmann, Adolf Hennecke oder diesen Kosmonauten. Siegmund Jähn. Aber das reichte den Jungen ja nicht. Es mussten auch noch Rothäute aus Amerika her. Der Mann schnaubte.

Hansi hüpfte auf die oberste Stange und plusterte sich auf. »Sauber machen sollte ich dich mal wieder.« Er legte eine Zeitung unter den Käfig und zog den Boden heraus. »Ausmisten muss ich.«

Mit einem Spachtel schabte er den Sand vom Bodenblech, rieselte ihn in den Abfalleimer. Die Stangen nahm er einzeln heraus. Kratzte den Kot ab. Sauber sollten sie sein. Der Dreck musste weg. Verängstigt flatterte der Vogel durch den leeren Käfig. Erschöpft landete er auf dem Zeitungsblatt am Boden. Alle zwei Tage säuberte der Mann den Bauer in letzter Zeit. Streute frischen Sand ein.

»So hast du das gerne, Hansi«, sagte er, als er fertig war. Hansi tschilpte schlapp.

Der Mann sah auf die Uhr. Halb sieben. Er musste sich beeilen. Um sieben traf sich der Jägerstammtisch im Anglerheim. Am liebsten wäre er weggeblieben. Wollte keinen mehr sehen. Nicht die Besatzungsoffiziere, wie er die Zugereisten heimlich nannte. Nicht die Wendehälse, die mit ihnen schöntaten.

Aber er musste hin. Nur nicht auffallen. Bloß keinen Verdacht erregen. Den Meier hatten sie immer noch nicht gefunden. Gut, dass der Schnee gefallen war. Wenn er Glück hatte, blieb der bis März liegen. Und keiner würde diesen Seppl finden. Außer den Sauen. Die rochen das Fleisch durch Schnee. Der Mann kicherte. Würde das Schwein eben von den Schweinen gefressen. Übrig lassen würden die nicht viel. Umso besser. Der Mann setzte seine Schirmmütze auf, stocherte die Arme in den Lodenmantel, löschte das Licht und ging.

25

Der Busower Jägerstammtisch tagte jeden letzten Donnerstag im Monat und unterschied sich auf den ersten Blick nicht von den Zusammenrottungen der Jäger an Elbe und Ruhr. Um kurz nach sieben, als zwei Dutzend Männer das Anglerheim füllten, stellte sich die Bläsergruppe vor der Theke auf und trötete los. *Jägersleut, versammelt euch! Hab euch etwas zu sagen.*

Schreibers Musikgeschmack traf das nicht gerade. Zum Glück hatten die Busower wenigstens ihre Paradeuniform im Schrank gelassen. In Zivil, wenn man das Grünzeug, das alle trugen, Zivil nennen wollte, standen sie in Reih und Glied und blähten die Backen.

Schreiber gefiel daran nur eines: dass es trotz der allgegenwärtigen Berieselung mit Tonkonserven immer noch Menschen gab, die ihre Musik selbst machten. Mundgeblasene Melodien von dickschädeligen Bauern und flachbrüstigen Versicherungsangestellten aus Spaß an der Freude und weil es einfach zur Jagd gehörte, für sich und ihre Kumpel gespielt. Einer blies sogar noch ein Ventilhorn. Man konnte es heraushören. Es klang melodischer als die Pless-Hörner rundum. Der Tröter war schon jenseits der siebzig, und wenn Schreiber sich recht erinnerte, war er der grobschrötige Kerl, der ihn auf dem Weg zur Gänsejagd einfach stehen gelassen hatte. Jetzt blies er die Begrüßung wie ein junger Gott.

Die Bläser setzten sich wieder zu den anderen. Der Hegeringleiter, kleines Karo, großes Maul, begrüßte nun seinerseits die Weidgenossen und spulte den üblichen Film ab. Geburtstage im Januar. Rückblick auf das überaus erfolgreiche gemeinsame Grünkohlessen im Dezember. Reise zum Landesjägertag nach Cottbus. Rhabarber, Rhabarber. Schreibers Aufmerksamkeit schwand. Sein Blick glitt über die Gesichter der Versammelten. Wenn Martmann tatsächlich erschossen worden war, sprach alles dafür, dass sein Mörder hier im Anglerheim saß.

Wie sieht ein Mörder aus? Wie der kleine Dicke, der nervös an seinem Stumpen zog und die ganze Bude mit dem billigen Kraut verpestete? Wie der Hegeringleiter, der sich durch die Tagesordnung schleimte und Vitzewitz nach jedem zweiten Satz Zustimmung heischend anschaute? Wie der alte Jagdhornbläser, der weltabgewandt über seinem Bier brütete? Schreiber wusste es nicht.

»Liebe Weidgenossen, durch einen tragischen Jagdunfall ist in diesem Monat unser aktives Mitglied Christian P. Martmann ums Leben gekommen.«

Das Gepolter der Stühle riss Schreiber aus seinen Grübeleien. Alle standen auf. Er auch. Der Hegeringleiter hielt eine lobtriefende Rede auf den toten Rechtsanwalt. Besang seinen Schaffensdrang, die vierköpfige Familie und das schöne Haus, das Martmann für die seinen gebaut hatte. Irgendjemand räusperte sich an dieser Stelle.

Der Vorsitzende sah verwirrt von seinem Waschzettel hoch. »Ihr habt euch zum Gedenken an Christian Martmann von den Plätzen erhoben. Ich danke euch.«

Der offizielle Teil der Versammlung war damit durch. Die Männer hockten an den Resopaltischen und schwiegen. Die Raucher rauchten, die Trinker tranken, der Reporter tat beides. Mühsam kam das Gespräch in Gang. Leise redete man über den Tod im Allgemeinen und den Jagdunfall im Besonderen.

»Als Jäger steht man immer mit einem Bein im Grab«, sagte Schreibers Gegenüber.

»Und mit dem anderen Bein im Gefängnis.«

Köpfe ruckten herum. An den Nachbartischen erstarb das Gespräch. Wieder eine von Schreibers unüberlegten Bemerkungen. Obwohl – so blöd war es vielleicht gar nicht, an dieser Stelle mal auf den Busch zu klopfen. Vielleicht hüpfte jemand aus der Deckung.

Scheinbar nur an seinen Nachbarn gewandt, aber laut

genug, dass viele es verstehen konnten, wiederholte Schreiber den Vortrag, den er nachmittags seinem Freund von der Kripo gehalten hatte. Während er dem auf seinem Stuhl herumrutschenden Weidmann die Mordvariante ausführlich erläuterte, herrschte Stille im Anglerheim. Nur die Hausgrille in der Kneipenküche zirpte eintönig.

Aus der Deckung locken ließ sich niemand. Unwilliges Gemurmel setzte ein, als Schreiber fertig war. Zwei, drei Ältere wollten dringend zahlen, ein anderer wünschte noch ein Frankfurter Pils. Der Wirt löste sich von der Theke und klimperte mit dem Kleingeld.

»Bevor die Ersten gehen …« Der Vorsitzende schraubte sich vom Stuhl und knöpfte sein Sakko zu. Schreibers Monolog war der vielleicht Fünfzigjährige mit beinhartem Beamtengesicht gefolgt. Er plinkte mit dem Messer gegen die Bierflasche. »… möchte ich in meiner Funktion als Hegeringleiter die Anschuldigungen des Herrn Schreiber offiziell zurückweisen.«

Fingerknöchel pochten auf die Resopalplatten. Ziemlich laut, ziemlich lange. Der große Vorsitzende nickte in alle Richtungen. »Wir Busower Jäger sind eine Gemeinschaft von Gleichgesinnten. Wir lassen uns von Außenstehenden nicht auseinander dividieren. Deshalb schließen wir unseren heutigen Hegeringabend mit einem dreifach kräftigen Horrido …«

»Joho!«, kehlte das Fußvolk.

»Horrido!«

»Joho!«

Und nochmal, weil's so schön war. »Horrido!«

»Joho!«

Von Platzhirschen mit Parolen platt gemacht zu werden. Wie oft hatte Schreiber dieses Gefühl schon durchlitten? Besser nicht nachzählen, Hannes, sonst wirst du schwermütig. Außerdem hatte er die Reaktion des Präsidenten schließlich provoziert. Wie viele Menschen, die gern austeilten, konnte der Reporter nur schlecht einstecken. Er wusste um diese Schwäche, ohne sie beheben zu können. Was er mit den Jahren gelernt hatte, war, in solchen Situationen verstärkt auf Feinheiten zu achten. Zum Beispiel auf Vitzewitz. Aus den Augenwinkeln hatte Schreiber den Baron während der Retourkutsche des Vorsitzenden beobachtet. Vitzewitz hatte mit johot. Die Tischplatte betrommelt hatte er nicht.

Schreiber bestellte noch ein Bier. Sofort aufzubrechen hätte nach Flucht ausgesehen. Den Triumph mochte er dem Hegering-Heinz und seinen Mannen dann doch nicht gönnen. Weil niemand mit ihm sprach, seine Tischnachbarn gar aufstanden und sich anderswo platzierten, trank er das Pils ziemlich schnell. Zahlte und ging.

Goethe pennte im Wagen. Unter der Kofferraumabdeckung kuschelte sie, hatte das Kabuff mit ihrer Körperwärme aufgeheizt. Die schneidende Kälte, die über den Fluss trieb, berührte sie nicht. Eine fahrbare Hütte war das Auto für sie. Ihr eigentliches Zuhause, das sie mehr liebte als die Wohnung in Winterhude oder das Büro am Hafen.

Schreiber stapfte durch den Schnee. Auf der Oder trieben erste Eisschollen. Bleiche Fetzen auf dunklem Grund. Gemächlich trudelten sie nordwärts. Zwischen den Buhnen schloss sich die Eisdecke schon, machte den Fluss schmal. *Ich bin der Winter stolz, baue Brücken ohne Holz.* Wie lange würde der Ostwind brauchen, um die Kluft zwischen Deutschland und Polen zu schließen? Der Angler musste es wissen. Aber bei diesem Wetter saß selbst der irgendwo in Busow am Ofen. Niemand war draußen, nur Schreiber und sein Hund.

Goethe lief unrund. Alle paar Minuten warf sie sich an die Erde und versuchte, die Eisklumpen zwischen ihren Zehen abzuknabbern. Am Anglerheim fielen Autotüren ins Schloss.

Was die Weidgenossen wohl über ihn geredet hatten, nachdem er gegangen war? Schreiber schlug den Kragen der Wachsjacke hoch und verriegelte sie vor dem Hals. Manchmal hatte er Mühe mit seiner Art von Leben. *Heute hier, morgen dort, bin kaum da, muss ich fort.* Im Gegensatz zu Hannes, dem Wader, der sich niemals deswegen beklagt, fühlte er sich oft allein. Nirgendwo zugehörig, außer zu dem verrückten Haufen am Hamburger Hafen.

Er kramte das Handy aus der Tasche, warf es an und wartete aufs Netz. Die Nummer hatte er sich eingeprägt.

»Ja bitte?« Selbst durchs Funktelefon klang ihre Stimme voll und weich.

»Vera, ich bin's schon wieder. Hannes. Du hast nicht zufällig noch 'n Grappa für 'n Fremden, den alle bloß rumschubsen?«

»Was hast du denn wieder für einen Mist gebaut?«

»Nix Schlimmes. Nur den eingeborenen Jägern kurz erklärt, dass einer von ihnen ein Mörder sein könnte.«

»Schreiber, du lernst es nie.«

»War doch nur 'n Trick, Vera.«

»Toller Trick.«

»Krieg ich nun Grappa?«

»Aber nur einen.«

»Ich eile.«

Er galoppierte los wie nicht gescheit. Goethe pisste ein letztes Loch in den Schnee und wetzte hinterher.

26

Zu Veras Fischerhaus war es nicht weit. Schreiber ließ den Kangoo am Anglerheim stehen und ging zu Fuß. Als er vor der Hütte ankam, tauchte Vitzewitz' Kombi auf und stieß in die Einfahrt. Der Baron schwang sich flötend aus der Karre. *Jägersleut, versammelt euch!* Schreiber wusste nicht, ob er weinen oder lachen sollte. Er räusperte sich, damit Vitzewitz ihn in der Eile nicht umrannte. Der Freiherr fuhr zusammen, fing sich aber erstaunlich schnell.

»Sie hier? Nicht in Hollywood?«

»Wieso Hollywood?«

Vitzewitz schüttelte den Kopf. Strich die widerspenstige Locke weg. »War doch filmreif, Ihr Auftritt im Anglerheim. Ganz großes Kino. Ihr Zeuge, Staatsanwalt Schreiber!« Er machte ein Gesicht wie Charles Laughton in *Zeugin der Anklage.*

Schreiber grinste gequält. »Wenn schon Kino, Baron, dann lieber *Schwarze Serie.*«

Vitzewitz' knuffiges Gesicht leuchtete im Schein der Straßenlaterne. Er strahlte etwas ab, das dem Reporter fremd war. Eine Art Sicherheit, die vielleicht seiner Herkunft entsprang. Oder seinem Glauben. Wahrscheinlich war Lewin von Vitzewitz aber einfach nur ein im Innersten fröhliches Naturell.

»Niederlage verdaut?«, fragte er.

»Ich hab mich nicht um den Hegeringvorsitz bewerben wollen, Baron. Ich wollte einen einzigen Mann nervös machen. Falls es diesen Mann gibt.«

Schreiber drehte sich um und drückte Veras Klingel. »Da sind wir«, sagte er, als sie öffnete, »der Weidgenosse Vitzewitz und ich. Wir haben uns vor deiner Tür getroffen. So klein ist die Welt.«

Vera errötete. Es begann neben ihren Nasenflügeln und verbreitete sich blitzschnell über das Gesicht. Selbst ihre Ohren glühten. »Kommen noch mehr?«, witzelte sie, ohne zu lächeln.

Schreiber zog die Schultern hoch.

Drinnen auf dem Tisch warteten die Grappaflasche und zwei Gläser. Eine lila Kerze spiegelte sich im Kristall. Viel mehr Licht gab es nicht. Scheißadel, dachte Schreiber, während Vera ein drittes Glas aus dem Schrank holte. Er hockte sich an den Tisch. Vitzewitz wartete, bis die Hausherrin sich gesetzt hatte, und nahm erst dann Platz. Der Titel einer Hemingway-Story schoss Schreiber ins Kleinhirn: *So, wie du niemals sein wirst.*

»Wie war's beim Jägerstammtisch?« Vera füllte die Gläser.

Die Männer sahen sich an und schwiegen. Keiner wollte den Anfang machen. Sie nippten am Grappa, setzten wieder ab. Schließlich nahm Schreiber es auf sich, einen kurzen Abriss des Abends zu geben. Veras Gesicht schwang wie ein Pendel, während er redete. Er stieg nicht darauf ein.

»Kommt Meister Meier eigentlich nie zum Stammtisch?«, fragte er stattdessen.

Vitzewitz sah auf. »Normalerweise schon.«

»Wundert es Sie nicht, dass er heute Abend fehlte? Bei so einer interessanten Sitzung.«

Der Freiherr presste die Lippen. »Wenn er gewusst hätte, was Sie sagen würden, wäre er bestimmt erschienen.«

Schreiber schüttelte den Kopf. Ihm fiel keine Strähne in die Stirn. Seit zwanzig Jahren nicht mehr. »Egon Meier ist verschwunden.«

»Woher weißt du das?« Veras Stimme klang dünner als gewöhnlich.

»Von der Kripo. Vor zwei Tagen ist er abends zur Jagd raus und nicht zurückgekommen.«

Vitzewitz kippte den Rest seines Grappas. Schreiber sah ihm zu. »Ich glaube, Sie sollten uns etwas mehr über Herrn Meier ohne Tritt erzählen, Baron. Man kennt sich doch schließlich, so unter Schlossherren, meine ich.«

»Hannes!«, zischte Vera.

»Schon gut, Vera.« Der lange, blonde Baron lächelte seine Bürgermeisterin an. »Was wollen Sie denn wissen?«

»Schnee«, sagte Schreiber. »Mich interessiert Schnee.«

»Sie sind gut informiert. Respekt.«

Schreiber verneigte sich. »War nicht schwer rauszukriegen. Hat Vera eine Flasche Wodka gekostet und mich fast das Leben.«

»Nun übertreib mal nicht, Hannes Schreiber!« Vera goss Grappa nach und erzählte Vitzewitz die Geschichte vom Waldarbeiter Scharwenka und seinem Ziehsohn Marek Napieralla. In einer stark gekürzten Fassung. Der Baron hing an ihren Lippen. Allein an der Geschichte konnte das nicht liegen. Dafür war sie nicht spannend genug erzählt. Fand Schreiber.

»Im Grunde weiß ich nicht viel.« Vitzewitz sah weiter Vera an. »Wir waren mal bei Drosselsteins zu einer Soiree eingeladen. Meine Frau und ich. Nach dem Diner zogen die Herren sich ins Rauchzimmer zurück. Es wurde aber nicht geraucht. Meier hatte Kokain dabei. Der gute Drosselstein war ganz verrückt nach dem Zeug.«

»In Ihren Kreisen nicht ganz unüblich, Baron.« Schreiber ging es auf den Geist, dass Vitzewitz ihn ignorierte.

»In meinen Kreisen ...« Der Freiherr ließ Luft ab. »Haben Sie schon mal einen Landwirt schnupfen sehen, Herr Schreiber?«

»Ja. Pöschl's Gletscherprise auf dem Mähdrescher. Das Zeug macht die Nase frei bei der Gerstenernte.«

Vitzewitz griff zur Pulle und schenkte Schreiber nach. »Sie haben natürlich Recht. Leider ist Kokain im Adel weit verbreitet. Einen Fürsten aus meiner alten Heimat nennen sie gar den Schneekönig.«

Schreiber kannte die Durchlaucht von einer Wildschweinjagd. Den hochadligen Herrn interessierte das Treiben im Walde im Grunde überhaupt nicht. Der Reporter vermutete, dass der Fürst auf dem Ansitz heimlich Fix-und-Foxi-Hefte las. Abends beim Schüsseltreiben lief er dann zu großer Form auf. Soff, bis der Arzt kam, ging kurz zur Toilette und kehrte auf diese angeknallte Art fit zurück.

»Hat Drosselstein eigentlich sein Schloss verschnupft?«

»Man munkelt das. Meier sei stets zu Diensten gewesen, wenn der Graf Nachschub brauchte. Und am Ende habe er ihm die Rechnung präsentiert. Meine Mutter will das von der Gräfin selbst erfahren haben. Aber alte Damen erzählen viel.«

Vera hatte beim Zuhören die Ellenbogen auf den Tisch gestützt, Hände an den Backen. Mit den kleinen Fingern massierte sie ihre Oberlippe, auf der, wenn man genau hinschaute – und das taten beide Männer –, erste feine Fältchen verliefen. »Wenn der Meier nun auch noch tot ist«, murmelte sie, ohne die Massage zu unterbrechen.

»Dann gehen dir bald die Wessis aus.« Schreiber komplettierte Veras Satz, ohne nachzudenken.

Der Halbsatz hatte Widerhaken. Er setzte sich fest. Bei Schreiber. Bei Vitzewitz. Bei Vera. Sie sahen sich an. Der Baron den Reporter, beide die Bürgermeisterin, die nicht wusste, wen sie zuerst angucken sollte.

»Wer wäre der Nächste?«

»Ich«, sagten Vitzewitz und Schreiber.

»Lewin ist klar. Wieso du, Hannes?«

»Wegen meiner kleinen Ansprache vorhin im Anglerheim.«

»Würd ich nicht überbewerten.« Vera trank von dem klaren Schnaps. Es war immer noch ihr erstes Glas. »Vielleicht spinnen wir auch. Schreiber, du mit deinem *Busow oder der Tod!*. Machst Gott und die Welt verrückt. Morgen taucht dieser Meier wieder auf, Martmanns Tod war ein Unfall und alles wird gut.«

»Du vergisst den Polen, Vera. Irgendwer muss den erschossen haben. Den und den Wolf.«

»Wahrscheinlich auch dein großer Unbekannter.« Ihr Finger folgte der Maserung des Buchentisches.

Schreiber dachte ausnahmsweise nach, bevor er antwortete. Er steckte sich eine Zigarette an, vergaß natürlich, Vera eine anzubieten. Der Baron rauchte eh nicht wirklich.

»Was war eigentlich mit Martmann? Gehörte der auch zu Meiers Kundenkreis?«, fragte er Vitzewitz.

»Ich glaube nicht, dass Meier ein ordinärer Dealer ist. Er weiß die Droge nur geschickt einzusetzen. Mag sein, dass Martmann ab und an mal bei ihm naschen durfte. Kontakt hatten die beiden jedenfalls.«

»So«, sagte Schreiber. Er machte sich wieder lang auf dem Stuhl. Dehnte den krummen Rücken. Drückte den Hinterkopf in die gefalteten Hände. Zwischen den Schulterblättern entstand ein wohliger kleiner Schmerz. »Falls es denn drei Morde sind … Schon gut, Vera. Ich sagte doch: falls. Im Übrigen: Bei Marek Napieralla steht es sogar fest. Also alle drei Opfer haben was mit Rauschgift zu tun. Napieralla liefert. Meier verteilt. Martmann pfeift gelegentlich eine Line. Nur, wer bringt sie deshalb um? Drosselstein, der ein Motiv hätte, graft in München rum. Wer dann? Irgendein Saubermann, der das mit *Keine Macht den Drogen* todernst genommen hat? Oder gibt es in Busow doch mehr Leute auf Koks? Jugendliche vielleicht. Ein Vater erfährt davon und dreht durch?«

Vera schüttelte den Kopf. Man konnte sehen, wie unangenehm ihr das alles war. Ihre Unterlippe schob sich vor, Mundwinkel nach unten. Zwei strenge Striche, die von dort zu den Nasenflügeln liefen.

Wahrscheinlich macht sie mich für den ganzen Scheiß verantwortlich, dachte Schreiber. Wie oft hatte der Reporter erlebt, dass er, als professioneller Überbringer schlechter Nachrichten, die Prügel bezog, die eigentlich deren Verursachern zugestanden hätten.

Weil daran nichts zu ändern war, spann er weiter. »Vielleicht weiß unser Mann auch gar nichts von den Drogen«, dachte er laut. »Vielleicht hasst der einfach alle Fremden, die sein schönes Busow heimsuchen. Den Polen, die Wessis … und den Wolf. Der Wolf passt dann plötzlich auch!«

Vera platzte der Kragen. »Schwachsinn«, zischte sie, »das ist alles Schwachsinn.« Ihre Bäckchen vibrierten vor Wut. Hübsch sah das aus.

Der Reporter schaltete einen Gang zurück. »Was soll ich machen, Vera?« Mit seiner Stimme warb er um Verständnis. Warm und ruhig sollte sie sich anhören, aber das tat sie nicht. Er bekam die Schärfe nicht wirklich heraus.

»Soll ich die Schnauze halten und abreisen? Das kannst du nicht von mir verlangen. Außerdem bringt es nichts. Irgendwann schlägt der Kerl wieder zu. Da kannst du Gift drauf nehmen.«

Der Freiherr hörte still zu. Mit übereinander geschlagenen Beinen saß er seitlich am Tisch. Hände vor dem Bauch verschränkt. Er beguckte die weißen Ränder, die der geschmolzene Schnee an seinen Wildlederschuhen hinterlassen hatte, wie andere zeitgenössische Kunst betrachten: mit schief gelegtem Kopf und fragendem Blick.

»Haben Sie eigentlich Angst, Schreiber?« Wie aus dem Nichts.

Gute Frage. »Normalerweise nicht«, sagte der Reporter. Das war nicht mal gelogen. Neonazis, Fremdenlegionären, Mafia-Bossen und einer Menge anderer Tunichtgute hatte er schon auf die Füße getreten. Er agierte vorsichtig, wenn es sein musste, aber nicht ängstlich. »Sonst müsste ich meinen Job aufgeben«, schob er nach.

Vitzewitz sprach immer noch mit seinem Schuh. »Am Samstag findet wieder eine Drückjagd statt«, erzählte er ihm, »die letzte in dieser Jagdsaison. Und wieder auf dem Truppenübungsplatz.« Er sah auf. Seine blauen Augen erfassten Schreibers Gesicht. »Wenn Sie wollen, sage ich Oberleutnant Knabe, dass ich Sie mitbringe. Der hat bestimmt nichts dagegen, wo Sie ihm doch neulich so imponiert haben.«

Bevor Schreiber auf Vitzewitz' Angebot einsteigen oder auch nur papp sagen konnte, platzte Vera dazwischen. »Ihr bleibt da weg!«, schnauzte sie. »Ihr bleibt beide da weg!«

Die Männer sahen sich an. Wer zuerst schmunzelte, war schwer zu sagen.

»Ihr braucht gar nicht so blöde zu grinsen.« Sie stieß ihr Glas um. Ein Schluck Schnaps wölbte sich auf der Tischplatte und zerfloss. Vera stand auf, schob den Stuhl mit den Kniekehlen nach hinten. Er schrappte über das Parkett. Mit viel zu großen Schritten für den engen Rock stiefelte sie zur Haustür. Riss sie auf. »Raus!«

Schreiber sah den Baron an. Der stand schon.

»Beide raus!«, brüllte Vera. So hatte Schreiber sie noch nie erlebt.

Die Männer nahmen ihre Jacken von der Garderobe. Als sie an Vera vorbeikamen, drehte sie sich weg. Hinter ihnen knallte die Tür ins Schloss. Vitzewitz gab Schreiber die Hand. »Ich rufe Sie an, wenn ich mit Knabe gesprochen habe. Dann bereden wir die Einzelheiten.«

Schreiber schaute den Rücklichtern des Volvo hinterher. Als sie verschwunden waren, schellte er nochmal bei Vera. Sie machte nicht auf. Er zuckte mit den Schultern und stapfte zum Anglerheim zurück, wo Wagen und Weimaraner warteten. Die Nacht war klar und knackig kalt. Der Schnee knirschte unter seinen Schritten. Über der Oder glänzte der Große Bär.

27

Nach dem Frühstück rief Schreiber in Hamburg an. Es dauerte eine Weile, bis er den richtigen Archivar am Ohr hatte. Rotenberg, einen alten Crack mit Manieren und geschliffenem Geist. Es gab noch ein paar Kollegen seines Schlages beim *Magazin,* Leute, wie sie heute nicht mehr hergestellt wurden. Schreiber sagte ihm, was er brauchte. Alles über den Mord an einem Polen im vergangenen

Dezember. Tatort: Busow. Den Ortsnamen musste er nicht buchstabieren. »Busow oder der Tod«, rief Rotenberg und legte auf.

Eine halbe Stunde später klopfte Schreibers Handy an die Himmelstür. Der Archivar meldete Fehlanzeige. Keine der großen Zeitungen war auf den toten Polen an der Oder eingestiegen. Nicht mal die Berliner Boulevardblätter. Schreiber hatte es geahnt. Er bestieg den Kangoo und fuhr in die Kreisstadt. Es gab eine Geschäftsstelle der Lokalzeitung am Marktplatz und zumindest die Ausgaben der letzten zwei Monate sollten sie dort aufbewahren.

Taten sie auch. Sauber ausgetrennt, gelocht und mit Paketband zusammengeschnürt lag der Dezemberstapel auf einem Stehpult parat. Der Reporter blätterte sich durch zwei Dutzend Nikolausfeiern in Kinderkrippen und Altersheimen der Volkssolidarität. An einer blieb er hängen. Vera lächelte ihn aus einem Kapuzenmantel an. Bürgermeisterin als Nikolaus im Krankenhaus. Schreiber strich über das Papier. Unterschiedlicher konnten zwei Leben kaum sein. Dorfälteste an der Oder und Reporter an der Elbe. Nikolausfeiern im Krankenhaus und Redaktionskonferenzen im Irrenhaus.

»Zeitung machen kann man nur mit Halbverrückten«, hatte *Zeit*-Verleger Bucerius einst befunden. Wie verrückt war Hannes Schreiber? Verrückt genug, um sich von einem Verrückten den Kopf zwischen den Ohren wegschießen zu lassen? Morgen war Samstag. Die letzte Jagd auf dem Truppenübungsplatz. Vitzewitz hatte sich noch nicht gemeldet. Sollte dieser Kelch an ihm vorübergehen? Er könnte stattdessen zu Vera fahren, Blumen mitnehmen, sich entschuldigen und den Baron in ihrer Gunst weit abhängen.

Schreiber schüttelte den Kopf. Wenn er das machte, konnte er sich auch in den Vorruhestand versetzen lassen. Oder wegen drohender Ermüdungsbrüche die Rente beantragen. Auf dem Militärgelände kam es Samstag vielleicht zum Showdown der Geschichte, an der er arbeitete. Und Hannes Schreiber saß bei seiner Angebeteten und raspelte Süßholz.

»Scheiß der Hund ins Feuerzeug«, sagte er ziemlich laut. Die Frau hinter dem Tresen schaute verwirrt auf. Schreiber betrachtete Vera Weihnachtsmann noch einmal und blätterte weiter.

Am 15. Dezember hatte der Dorfbote den Mord an der Oder gemeldet. Fotos gab es nicht oder sie hatten sie nicht gedruckt. Wenn man davon ausging, dass außer Weihnachtsfeiern im Kirchspiel nichts los war, hätte man mehr aus dem Fall machen müssen als einen Vierspalter auf der ersten Kreisseite.

An Neuem erfuhr Schreiber nur, »dass Marek N. mit einem Schrotgewehr getötet wurde, wahrscheinlich einer Pumpgun mit abgesägtem Lauf, wie sie von einschlägigen Kreisen jenseits der Grenze oft benutzt wird«. Wenn man den Sermon von der polnischen Pumpgun abzog, blieb, dass Napieralla durch eine Ladung Schrot den Tod gefunden hatte. Genau wie Martmann. Schreiber ließ sich den Artikel fotokopieren.

Es gab Reifenspuren im Schnee, die zu Goiko Kawulkes Hütte führten. Auf halbem Weg waren ein paar Wagen abgestellt. Alte, kleine Karren mit Wunderbäumen an den Innenspiegeln. Schreiber liebäugelte auch mit so einem Duftspender. Geruchsnote: nasser Hund. Er hielt an und sah sich nach den Fahrern der Wagen um. Tief in den

Kiefern entdeckte er sie. Männer und Frauen mit langen Stangen schlugen gegen Äste, bis der Schnee herunterfiel. Manchmal kamen sie nicht schnell genug weg und die Lawine, die sie losgeschlagen hatten, ergoss sich in ihre Kragen. Die Klügeren trugen Kapuzen. Der Reporter kannte das Spiel aus dem Thüringer Wald. Arbeitslose, die in einer ABM beim Forstamt steckten, wurden winters in den Wald geschickt, um Schneebruch in den Kiefernkronen zu verhindern.

Er fuhr weiter. Die Datsche des Indianers hinter den *Brommbären* hatte der Schnee gehübscht. Meterlange Eiszapfen hingen von der Dachrinne, glitzerten in der Sonne wie Bergkristall. Aus dem Kaminrohr kräuselte grauweißer Rauch. Die Tür war zu. Schreiber klopfte und rief. Niemand öffnete.

Weil er nicht warten wollte, machte sich Schreiber mit dem Hund auf. Goethe war in den letzten Tagen wenig gelaufen und freute sich närrisch, als er mit ihr loszog. Zwei Stunden strolchten die beiden durch den Winterwald. Immer der Hundenase nach. Am Ende standen Herr und Hund wieder vor Goikos Hütte. Rotbäckchen und der Wolf. Nur die Großmutter mit den langen Zöpfen war nicht zu Hause.

Der Reporter riss eine Seite aus seinem Notizblock. *Morgen Drückjagd auf Truppenübungsplatz. Passen Sie auf Ihren Schützling auf. Hannes Schreiber.* Er kritzelte seine Handynummer dahinter, faltete den Zettel und schob ihn unter der Tür durch. Mehr konnte er im Augenblick nicht tun.

28

Im Hotelzimmer zurück, bereitete sich Schreiber auf die Jagd vor. Er holte den Repetierer aus dem Futteral, hob den Kammerstängel und entfernte das Verriegelungssystem. Ein Blick gegen das Licht des Nachttischlämpchens: Das Laufinnere glänzte frei und blank. An der Waffe würde es nicht liegen, wenn Schreiber daneben schoss. Er friemelte drei Patronen ins Magazin. Die vierte, die bei der Jagd schussbereit im Patronenlager stecken würde, legte er in die Schubtasche des Lodenmantels.

Schreiber schwenkte das Zielfernrohr von der Waffe, ersetzte es durch ein kleines tschechisches Visier. Nicht mehr als eine zweieurostückgroße Glasscheibe, in der ein batteriebetriebener roter Punkt dahin zeigte, wo die Kugel einschlagen sollte. Perfekt, um bewegliche Ziele auf kürzere Distanz zu beschießen. Hirsche im Troll, ziehendes Rehwild, Keiler im Schweinsgalopp.

Kurz vor vier, als er seinen Pröttel vorbereitet und den Rucksack gepackt hatte, meldete sich Vitzewitz. Er hatte Schreiber tatsächlich einen Stand auf der Drückjagd besorgt und gab ihm seine Handynummer durch. »Für alle Fälle.«

Schreiber speicherte sie ab. »Meine haben Sie ja. Steht auf der Visitenkarte, die ich Ihnen dagelassen habe.«

Der Baron suchte eine Weile und ließ sie sich dann nochmal durchsagen. »Eintreffen der Schützen bis neun am Haupteingang«, meldete er militärisch und machte Schluss.

Schreiber ging runter ins Restaurant. Tee trinken, Obstkuchen essen. Er konnte beides brauchen.

Den Abend vor der Schlacht verbrachte er im Hotelzimmer. Versuchte ein paar Mal erfolglos, Vera zu erreichen. Schreiber verfiel ins Grübeln. Da hockte er nun am Rande Deutschlands. In einem Land, das er, als es noch ein eigener Staat war, angehimmelt hatte, ohne es wirklich zu kennen. Egal welches Land, dachte er, wenn du es gut kennst, vergeht dir das Anhimmeln.

Vera hätte ihn auf die Westgrenze der DDR hinweisen müssen, als er neulich abends von den alten Zeiten an der Oder-Neiße-Friedensgrenze geschwärmt hatte. Dann wäre er wirklich ins Schleudern geraten. Noch vor einem Dutzend Jahren hatte die Mauer gestanden, viel undurchdringlicher als die gegenwärtige Ostgrenze der *Festung Europa.* Leute wie Vera hatten sich den Kopf eingerannt an den engen Grenzen ihres kleinen Landes, während Schreiber und Genossen unter mediterraner Sonne über die historische Notwendigkeit der Abgrenzung vom Imperialismus schwadronierten. Schreiber wusste, wie angreifbar er an dieser Stelle war. Trotzdem bekam er grüne Pickel, wenn er daran dachte, wie sich die Arbeiter und Bauern 1990 dem Dicken an den Hals geworfen hatten. »Helmut, nimm uns an die Hand und führ uns in das Wirtschaftswunderland.«

Schreiber glaubte zu wissen, dass der Mann, den er suchte, keine solche Knallcharge war. Das psychologische Gutachten über einen pensionierten Arbeiter aus Witten ging ihm nicht aus dem Kopf. Der alte Mann, der einen Professor angeschossen hatte. Ein unauffälliger, unbescholtener Siebzigjähriger. Irgendwann hatte er begonnen sich einzureden, dass der behandelnde Mediziner für den Krebstod seiner Frau verantwortlich wäre. Die Einsamkeit des Witwers. Der Tunnelblick. Alles andere verschwimmt im Dunkel. Nur die eigene fixe Idee liegt im Licht. Sonnenklar. Der reiche Typ im weißen Kittel ist schuld. Der hat meine Frau falsch behandelt. An dem muss ich mich rächen. Und weil der Alte aus Witten sein Leben lang ein rebellischer Kerl gewesen war, tat er das auch. Er besorgte sich eine Pistole und knallte dem Medizinmann ins Kreuz.

Der Reporter hielt nicht viel von den Profilern, jenen oberschlauen neuen Stars der Landeskriminalämter, die der örtlichen Ermittlungskommission nach längerem Profilen mitteilten, bei dem unentdeckten Serienvergewaltiger handele es sich wahrscheinlich um einen zwanzig- bis vierzigjährigen, sexuell gestörten Mann aus ihrer Stadt.

Ob er es nun Profilen nannte oder nicht: Auch Schreiber versuchte, sich ein Bild von dem Mann zu machen, mit dem er es zu tun hatte. Eine Art Vereinigungsverlierer schwebte ihm vor. Ein Staatstragender, dem der Staat abhanden gekommen, ein Bauer, der ins Bodenlose gestürzt, ein Robin Hood, dessen Bande zum Sheriff von Nottingham übergelaufen war.

Er summte vor sich hin. Dylan natürlich. *When you think that you lost everything, you find out you can always loooose a little more.*

29

»Jeder ist für seinen Schuss selbst verantwortlich, meine Herren.« Der Forstamtsleiter, ein forscher Vierziger in grüner Uniform, den Lodenmantel locker umgehängt, sah in die Runde. Vierunddreißig Jäger standen im Halbkreis vor ihm, ein Dutzend Treiber etwas abseits. »Niemand verlässt während der Jagd den ihm angewiesenen Stand.«

Nachdem er die Sicherheitsbestimmungen für die Drückjagd durchgehechelt hatte, kam der Oberförster zum Wild. »Freigegeben sind Hirsche bis zum Achter, Alttiere, Schmaltiere und Kälber. Selbstverständlich schießen wir das Kalb vor dem Alttier. Schwarzwild ist komplett frei, außer erkennbar führende Bachen. Der Wolf, meine Herren, darauf möchte ich aufgrund der Vorkommnisse beim letzten Mal aus- und nachdrücklich hinweisen, ist nicht frei.«

»Falls Sie keinen Spaten haben«, zischte jemand im Hintergrund. Schreiber sah sich um, blickte in verschlossene Gesichter. Niemand grinste. Vitzewitz schüttelte kaum merklich den Kopf. Schreiber schwieg.

Es wurden Gruppen gebildet, die unter Führung Ortskundiger vom Sammelplatz abrückten. Schreibers Bärenführer war der Oberleutnant Knabe. Vitzewitz gehörte zur Gang und drei Jäger, deren Gesichter er vom Stammtisch her kannte. In zwei Wagen fuhren sie durch die Botanik, Soldat, Baron und Reporter in Knabes Jeep vorneweg.

»Haben Sie den Spruch gehört?«, fragte Schreiber von der Rückbank.

Vitzewitz drehte sich um. »Sicher.«

»Und?«

»Würde ich an Ihrer Stelle unter schlechter Scherz abheften.«

Schreiber schnaubte. »Wie weit wollen Sie eigentlich gehen, um hier wieder Land zu gewinnen?«

»Ziemlich weit.« Vitzewitz sah nach vorn.

Nach zehn Minuten Fahrt hielt Knabe auf einem kleinen Holzplatz an. Der Wagen mit den anderen drei Jägern parkte daneben. Die Männer holten ihr Geraffel aus den Fahrzeugen, hängten sich Gewehr und Rucksack um.

Knabe wandte sich an die zweite Wagenbesatzung. »Ihre Sitzstöcke können Sie hier lassen, meine Herren. Alle sitzen auf Kanzeln, bis auf Freiherrn von Vitzewitz und Herrn Schreiber.«

Baron und Reporter warfen sich einen Blick zu. Sie lächelten nicht. Das war ihnen vergangen. Sie würden auf ihren Dreibeinen ungeschützt in der Landschaft hocken. Leichte Beute für jeden Heckenschützen. Schreiber überlegte, ob er den Oberleutnant um einen anderen Stand bitten sollte. Eine hübsche geschlossene Kanzel in fünf Metern Höhe, mit vier dicken Bretterwänden und einer schmalen Luke, aus der man zwar schlecht schießen, aber in der man noch schlechter beschossen werden konnte.

Schreiber wartete ab, was Vitzewitz machte. Er machte nichts. Hängte sich klaglos seinen Sitzstock um und marschierte hinter Knabe her. Der Reporter folgte.

Sie stapften eine Weile durch den hohen Schnee, Schreiber in seinen kanadischen Winterstiefeln breitbeinig hinterdrein. Alle paar hundert Meter dirigierte Knabe einen Jäger auf eine Kanzel, genau die Sorte Hochsitz, die Schreiber sich gewünscht hatte.

Vitzewitz platzierte der Soldat in einem Kiefernaltholz. »Sie haben Schussfeld in alle Richtungen, Baron. Gefährden können Sie hier niemanden. Die Treiber bleiben in den Dickungen.«

Vitzewitz bedankte sich für den Stand. Knabe legte die Hand an die Mütze. Schreiber wünschte Weidmannsheil. Der Baron hatte es so schlecht nicht getroffen. In dem lichten Altholz konnte er jede Annäherung von weitem entdecken. Falls er gerade in die richtige Richtung schaute.

Durch jungfräulichen Schnee zogen Knabe und Schreiber weiter. Jede Ecke checkte der Reporter unter Sicherheitsgesichtspunkten. Er glaubte, in der Nähe des Wolfsbaus zu sein, war sich aber nicht sicher. Der Schnee hatte das Bild der Landschaft komplett verändert.

Am Ende hielt Knabe an der ungünstigsten aller Stellen: auf einer Freifläche, über die vermutlich sonst die Panzer ratterten. Zirka achtzig Meter von Schreibers Stand entfernt begann eine bürstendichte Kiefernschonung, aus der ein breiter Wildwechsel über die Pläne lief. Für die Drückjagd war das ein Traumstand und der Reporter bedankte sich artig bei seinem Ansteller. Als er daran dachte, wie einfach es wäre, aus der Dickung auf ihn zu schießen, wurde ihm mehr als mulmig.

Der Oberleutnant erklärte ihm, wo er selbst sitzen werde. In einem Erdsitz unter den Eichen, die zweihundert Meter weiter links begannen. »Uhrenvergleich: 9.48. Um 13.30 ist Hahn in Ruh'. Ich sammele Sie anschließend wieder ein. Weidmannsheil.« Knabe schnürte durch das Schneefeld und verschwand zwischen den Stämmen.

Schreiber war allein. Nur er und sein Hund im Schnee. Er klappte den dreibeinigen Sitzstock auf. Für Goethe gab es ein Stück Isomatte im Rucksack. Das rollte er aus und hieß die Hündin darauf absitzen. Hinlegen würde Goethe sich in den nächsten Stunden eh nicht. Dafür fand sie Jagd zu spannend.

Schreiber fischte die Patrone aus der Manteltasche. Eine .30-06 Springfield. Das Allroundkaliber für alles Wild, das einem in Deutschland über den Weg lief. Er fingerte das Geschoss in die Kammer und schloss das System. Ritsch, ratsch. Von unten führte er das Magazin mit den drei Reservepatronen ein. Klack. Er entsicherte den Repetierer. Klick. 9.56. Schreiber setzte sich auf seinen Ansitzhocker. Er war jetzt bereit für die längsten dreieinhalb Stunden seines Lebens.

30

Der Mann erklomm seine Kanzel. Vorsichtig tastete er die Leiter hoch. Schnee lag auf den Sprossen, biss ihm in die Finger, wenn er sich beim Steigen festhielt. Ächzend betrat er die kleine Plattform vor der Tür. Sein Herz hämmerte. Nur jetzt nicht schlappmachen. Bloß heute nicht umkippen wie neulich in der Küche.

Der Alte griff nach dem Geländer. Schnaufend schöpfte er Luft. Das ist die Aufregung, dachte er. Da spielt die Pumpe verrückt.

Der Mann öffnete die Tür und betrat die Kanzel. Er ließ sich auf die Bank fallen, stellte das Gewehr ab. Den Rucksack legte er neben sich. Im Sitzen wurde ihm leichter ums Herz. Er öffnete die Fensterklappe und lud den Drilling. Eine 7 x 56 R für den Kugellauf, die .22 Hornet für den Einstecklauf. In den Schrotlauf steckte er eine Vier-Millimeter-Patrone. Die reichte für Gänse. Und für Gänsejäger. Wenn man nah genug rankam. Und wenn es zu weit war für Schrot, konnte er immer noch die große Kugel verschießen. Die stanzte kleine Löcher am Einschuss, pilzte sich im Körper auf und riss große Löcher am Ausschuss.

Der Alte meckerte in sich hinein. Sie hatten ihn nicht geschnappt. Weder bei dem verdammten Polacken, den er an der Oder erwischt hatte. Noch bei dem Rechtsverdreher auf der Gänsejagd. Und diesen Meier hatten sie noch immer nicht gefunden. Nicht mal den Schuss auf den Wolf konnten sie ihm nachweisen. Den Ärger hatte der edle Herr von Vitzewitz am Hals.

Der Mann verzog das Gesicht. Lewin. Wie konnte man bloß Lewin heißen? Was Besonderes wollten die sein, diese Junker. Was Besseres als die Bauern, die sie jahrhundertelang ausgepresst hatten. Kamen einfach zurück, die Kerle, irgendwoher aus Süddeutschland, nahmen den Einheimischen ihr Land wieder weg. Aber nicht mit ihm! Mit ihm konnten sie das nicht machen. Er hatte nicht vierzig Jahre in der LPG geschuftet, um den Baronen das Land kampflos zu überlassen. Am Anfang hatte er mit den anderen Alten aus der Genossenschaft darüber gesprochen. Einen Bauernkrieg wollte er anzetteln. Aber diese Memmen hatten keinen Mumm in den Knochen. Saßen hinterm Ofen und jammerten den Weibern die Ohren voll. Pah!

Also hatte er es allein gemacht. Hatte den Fremden seinen eigenen Krieg erklärt. Allen, die nicht hierher gehörten. Den Polen, den Wölfen, den Wessis. Keiner war vor ihm sicher. Auch dieser neunmalkluge Schreiberling nicht. Hatte sich eine schöne Abfuhr geholt, der Klugscheißer, neulich im Hegering. Trotzdem war der Bursche nicht blöd. Der musste weg, bevor er Unheil anrichten konnte.

Der alte Mann griente. Hatte er doch prima hingekriegt, in die Gruppe von Vitzewitz und dem Reporter zu kommen. Weil er nicht mehr so gut zu Fuß sei, hatte er dem Förster gesagt. In der Gruppe müsste man nicht so weite Wege gehen. Er kicherte wieder. Musste er auch nicht, weit laufen. Vitzewitz saß zweihundert Meter neben ihm im Altholz. Da würde er rübermachen, sobald er den Journalisten erwischt hatte. Aus der Dickung heraus. Mit der großen Kugel.

Der alte Mann lehnte sich zurück. Erst noch ein bisschen Kraft schöpfen. Und dann los.

31

Das Knacken in der Dickung war nicht zu überhören. Trotz des Schnees, der dem Geräusch die Schärfe nahm. Goethe bekam es zuerst mit. Der Weimaraner zog die Hängeohren am Kopf hoch, witterte. Äste, die unter Tritten brachen. Nicht da, wo der Wildwechsel verlief. Weiter rechts. Schreibers Magen krampfte. Er hätte sich am liebsten in den Schnee geworfen. Wenn das etwas genützt hätte. Tat es aber nicht. Er musste das aushalten.

Das Knacken hörte auf. Stille über dem Schnee. Sonne in einem Himmel, den er noch nie so kalt und blau gesehen hatte. Zwei Millionen Kristalle gleißten im Winterlicht. Ein Tag, zum Sterben schön.

Wovor hast du eigentlich Angst, Schreiber? Leicht fühlte er sich plötzlich. Wie der Bussard, der im Aufwind kreiste. Immer höher schraubte sich der Vogel, bis er kaum mehr war als ein Fliegenschiss im Blau.

Dann war das Knacken wieder da. Und der Magenkrampf. Schreiber kauerte auf seinem Sitz. Die Waffe in den Händen. Das Geräusch kam schnell näher, direkt auf ihn zu. Es brach aus den Kiefern. Ein schwarzer Klumpen. Groß wie ein Überseekoffer. Oder ein Klavier. Oder ein Leichenwagen.

Der dickste Keiler, der Schreiber je untergekommen war. Die Angst fiel von ihm ab. Um im nächsten Moment zurückzukehren. Das Biest hielt auf ihn zu. Haargenau auf ihn zu. Kümmerte sich einen Dreck um den Wildwechsel. Pflügte durch den Schnee. Noch dreißig Meter. Schreiber sah die Hauer in der Schweineschnauze blitzen. Zehn Zentimeter lange, messerscharfe Eckzähne, mit denen ihn der Keiler aufschlitzen konnte. Wenn er ihn nah genug ranließ. Wenn er nicht sofort etwas unternahm. Schreiber sprang auf. Der Gewehrschaft glitt an seine Backe. Das Visier erfasste das Schwein. Spitz von vorn. Wohin schießt man, wenn ein Hundertfünfzig-Kilo-Keiler spitz von vorn kommt? Zwischen die Ohren. Schieß ihn genau zwischen die Ohren, Hannes! Du hast keine Zeit zu verlieren. Fünfzehn Meter. Jetzt.

Der Schuss brach. Das Schwein raste weiter. Ritsch, ratsch. Schreiber repetierte. Die abgeschossene Hülse flog in den Schnee, ein neues Geschoss glitt in den Lauf. Bauz. Die Wucht des zweiten Treffers warf den Keiler aus der Bahn. Er knickte vorne rechts ein, rappelte sich wieder auf, rannte links an Schreiber vorbei. Ritsch, ratsch. Der Reporter repetierte erneut. Der rote Punkt im Visier auf der Keule des Schweins. Schreiber schoss nicht dahin. Brauchte er auch nicht. Das Wild sackte zur Seite. Die Läufe zuckten wie elektrisiert. Rannten immer noch. Im Leerlauf. Wurden langsamer, gaben Ruhe. Fünfzehn Meter hinter Schreibers Stand röchelte der Keiler sein Leben aus.

Noch ehe er zur Besinnung kam, meldete sich Dylan. *Knockin on heaven's door* sang das Handy. Schreiber war außer sich. Wusste weder, wo das Ding steckte (ah, in der Manteltasche), noch, wie man es bediente (ach ja, das grüne Knöpfchen drücken).

»Schreiber«, sagte Schreiber.

»Vitzewitz. Haben Sie gerade geschossen?«

»Ja.«

»Zwei Mal?«

»Ja.«

»Was?«

»Keiler.«

»Liegt er?«

»Ja.«

Pause. »Sind Sie in Ordnung, Schreiber?«

»Ja.«

»Weidmannsheil. Bei mir ist alles ruhig.«

Die Verbindung brach ab. Schreiber steckte das Handy weg und sank auf den Sitz. Er streichelte über den Kopf der Hündin, die vibrierend neben ihm stand und kein Auge von dem Wildschwein ließ. Gemeinsam gingen sie zu dem Tier. Soweit Schreiber sehen konnte, hatte er den Keiler beim ersten Schuss etwas zu weit hinten erwischt. Das Geschoss hatte die Wirbelsäule verfehlt und auch sonst keine lebenswichtigen Organe getroffen. Der zweite Einschuss saß direkt zwischen den Ohren. Schreiber sah sich um. Eine Blutspur führte vom ersten Anschuss zu dem Platz, an dem der tote Keiler lag.

So sieht das also aus. Wenn du nah ranmusst, um dich zu wehren, der andere aber nicht. Wenn du um dein Leben gerannt bist und der andere die schnelleren Waffen hat. Zum ersten Mal in seinem Jägerleben tat dem Reporter ein erlegtes Tier Leid.

In den wenigen Jäger-und-Sammler-Völkern, die es noch gab, die Wild jagten, um zu überleben, baten sie die Götter um Verzeihung für den Tod eines Mitgeschöpfs. Jenseits aller Argumente von überhand nehmenden Wildschäden und drohender Schweinepest jagte Schreiber, weil es ihm Spaß machte. Nicht aus Not. Nicht um den Wald zu retten.

Hat es dir Spaß gemacht, diesen wunderbaren Keiler zu töten, Hannes? Macht es dem großen Unbekannten Spaß, Menschen zu töten? Und wo liegt der Unterschied?

Schreiber löste den Blick von dem Tier und sah rüber zum Dickungsrand. Falls es dem Typen gelang, unbemerkt da reinzukommen, hatte Schreiber noch weniger Chancen als der Keiler. Er würde aus der Deckung heraus abgeknallt wie ein Karnickel. *Hier ruht einer, der Recht gehabt hat,* könnte sie ihm dann in den Grabstein meißeln lassen. Vera, die den Besserwessi in ihm schon immer gehasst hatte.

Der Reporter klaubte seine Sachen auf, hängte Rucksack, Gewehr, Sitzstock und Hundeleine um. Samt Goethe schlug er sich in die Kiefern. Lieber fünf Minuten feige als ein Leben lang tot. Auf einer schmalen Schneise, von außen nicht wahrnehmbar, richtete er sich ein. Von hier konnte er die Freifläche bestreichen, hatte sogar etwas Schussfeld im Busch und saß selbst nicht mehr auf dem Präsentierteller. Perfekt. Schreiber kramte die Munitionsschachtel aus dem Rucksack und schob zwei neue Patronen ins Magazin. Für alle Fälle.

Er glaste das Schneefeld vor sich ab. Wie ein ausgeaperter Fleck Erde buckelte der Keiler im Weiß. Schreiber verfolgte die Fährten. Den Weg, den das Schwein aus der Dickung genommen hatte. Den Pfad, den er mit Goethe in den Schnee getreten hatte. Vom Schwein zum Wald. Deutlich zu erkennen.

Warum bist du Idiot nicht in der Keilerspur gelaufen? Oder auf dem Wildwechsel? Schreiber biss auf die Unterlippe. Er war es gewohnt zu jagen, nicht gejagt zu werden. Der weiße Verräter. Sein Lehrmeister im Jungjägerkurs hatte den Schnee so genannt. Weil er dem Jäger das Wild verriet. Dass der Schnee auch den Jäger verraten konnte, war im Kurs kein Thema gewesen. Warum auch?

Der Kerl wird das Gleiche tun wie du, dachte Schreiber. Aus der Dickung die Fläche abglasen, sich wundern, wo dieser Reporter steckt, und dann versuchen, die Spuren zu lesen. Danach wird er wissen, wo du ungefähr sitzt, und sich anpirschen. Alles kommt darauf an, dass du ihn zuerst hörst, Hannes, alles.

Er hatte sich in seine Idee vom serienmordenden Heckenschützen derart hineingesteigert, dass kein Raum für Zweifel blieb. Schreiber konnte nicht entspannt im Wald sitzen, sich an seinem Lebenskeiler freuen und darauf hoffen, dass vielleicht noch Rotwild bei ihm vorbeischaute. Er kauerte zwischen den Kiefern, alle Sinne scharf gestellt, und ließ kein Auge von seinem Hund. Goethe würde den Typen lange vor ihm bemerken. Da war er sich ganz sicher.

Mitten in die Winterstille, die nicht einmal Vogelzwitschern kannte, brüllte das Handy. Lüülüülülü... Fieberhaft klopfte sich Schreiber nach dem Gerät ab. Lülü... Dieses Mal fand er es in der Fleecejacke, die er unter dem Mantel trug. Lülülüü... Er versuchte, die grüne Taste mit dem Handschuhfinger zu treffen. Lüülü... Bevor der Meister noch einmal an die Himmelstür klopfen konnte, hatte Schreiber es geschafft. Er meldete sich leise.

»Wer ist da?«, fragte der Mann am anderen Gerät.

»Schreiber.« Lang, deutlich, leise.

»Hier Kawulke.«

Schreiber fiel so schnell kein Gesicht zu dem Namen ein.

»Goiko«, sagte Kawulke.

»Die Wölfin?«

»Im Bau.« Pause. »Passen Sie auf Karl Hasenkamp auf.«

»Wer ist das?«

»Der bläst als einziger Ventilhorn.«

»So 'n Alter mit Schirmmütze?« Schreiber versuchte, sich das dazu passende Gesicht vorzustellen. Es blieb verschwommen. »Wieso ausgerechnet der?«

»Der hat den Wolf erschossen.«

Als Schreiber die Verbindung schon beenden wollte, kam noch was. »Ich hab eine Leiche im Wald gefunden. Da, wo es neulich abends geknallt hat.«

»Wer?«

»Konnt ich nich erkennen. Die Wildschweine waren dran.«

Schreiber drückte den Indianer weg. Rief Vitzewitz im Speicher auf und ließ die Maschine wählen. Ruhe war überlebenswichtig. Aber er wollte den Baron nicht dumm sterben lassen.

»Karl Hasenkamp ist unser Mann«, flüsterte er ins Handy.

»Warum?«

»Später.«

Schreiber hatte das Telefönchen noch nicht wieder verstaut, als Goethe die Ohren hochzog. Es gab keinen Wind im Bestand und zu hören war auch nichts. Die Hündin hob trotzdem die Nase, sog die Frostluft ein, starrte halb schräg in die Büsche. Nach links, wo der Wildwechsel verlief. Der Reporter machte sich schussfertig. Die linke Hand am Vorderschaft, die rechte umklammerte den Kolbenhals. Der gestreckte Zeigefinger am Abzugsbügel. Bereit, sich zu krümmen.

Willst du wirklich auf einen Menschen schießen, Hannes? Kannst du das? Schreiber hörte etwas. Ein leises Plopp. Wie wenn Schnee vom Baum auf den Boden fällt. Er versuchte, das Geräusch zu verorten. Geradeaus vor ihm? Fünf Meter? Zehn? Gefroren hatte er den ganzen Morgen nicht. Jetzt war ihm eiskalt. Die Armmuskeln ließen das Gewehr vibrieren. Wie vor Jahren bei seinem ersten Reh.

Klong. Laut und deutlich. Stahl auf Holz. Ein Lauf, der gegen einen Stamm stieß? Goethe hatte es auch gehört. Natürlich. Sie sicherte jetzt nach halb links. Wenn das so weiterging, wenn der Typ die Richtung hielt, musste er gleich auf der Schneise auftauchen. Vorsichtig stand Schreiber auf. Zentimeterweise hob er den Hintern vom Sitzstock. Behutsam streckten sich seine Beine. Als er oben war, stand auch die Hündin. Frei bei Fuß. Den Rücken durchgedrückt. Sie knurrte leise.

Dann tauchte das Laufbündel zwischen den Kiefernzweigen auf. Schwarzes Metall vor buckligem Schnee. Keine zwölf Meter vor ihnen auf der Schneise.

»Voran!«, flüsterte Schreiber.

Bellend, wie er sie noch nie gehört hatte, startete die Hündin. Die Lefzen gebleckt, flog sie voran. Lange, hohe Sätze. Zwei, drei, vier. Wie in Zeitlupe sah Schreiber seinen grauen Hund zum letzten Mal abheben. Mit angewinkelten Vorderpfoten, die Hinterläufe gestreckt, schwebte Goethe über dem Schnee, als der Schuss brach. Die Schrotgarbe traf sie frontal. Stoppte alle ihre Energie auf der Stelle. Riss sie fast herum. Warf sie blutend in den Schnee.

Schreiber hatte seinen Hund in den Tod geschickt. Ohne zu überlegen, rannte er los. Kiefernäste peitschten sein Gesicht. Pulverschnee fiel auf den Repetierer. Er strauchelte. Fing sich wieder. War bei seinem Hund.

Goethes Kopf existierte nicht mehr. Die Brust ein blutiger Brei. Zwei Mal fegte der Schwanz noch durch den Schnee. Dann streckten sich die Läufe. Schreibers Stirn sank auf das weiche, warme Fell der Hündin. Dahin, wo zehn Jahre ihr Herz geschlagen hatte.

Wie lange er über seinem Tier kauerte? Sekunden? Minuten?

Ein Geräusch ließ ihn hochfahren. Die Läufe eines Drillings schnappten ins Schloss. Schreiber machte sich ganz gerade. Sah in die Mündung der drei Läufe. Und daran vorbei. Dem Alten ins Gesicht. Den Schaft an die Backe gepresst, stand Hasenkamp vor ihm. Vielleicht vier Meter entfernt. Aus dem linken Mundwinkel floss ein Speichelfaden über das Kinn des Mannes. Sammelte sich zu einem Tropfen und fiel auf den grünen Loden. Merkwürdig, was einem in solchen Situationen auffiel.

»Erst der Pole. Dann der Wolf. Dann Martmann und Meier. Jetzt mein Hund und ich. Danach Vitzewitz. Wie viele wollen Sie noch erschießen, Hasenkamp?« Ganz ruhig hatte Schreiber die Todesliste rekapituliert. Als ob er nicht dazugehörte. Wie wenn er schon tot wäre.

Der Mund hinter der Mündung schwieg.

»Sie haben verloren, Hasenkamp. Nicht heute. Nicht morgen, wenn die Polizei Sie holt. Sie haben neunundachtzig alles verloren. Denke ich mir. Kann sein, dass ich mich täusche. Glaub ich aber nicht. Warum haben Sie sich damals nicht gewehrt, Hasenkamp? Mit den anderen zusammen. Als es vielleicht noch eine Chance gab.«

»Die wollten nicht. Die andern.« Ohne die Waffe abzusetzen, stieß der alte Mann die Worte hervor. Nur das Laufbündel bewegte sich. Kreiste um den Punkt, auf den es gerichtet war: Schreibers Brust.

Die Enge zwischen den Kiefern. Weiß wölbte sich der Schnee. Neben ihm. Unter ihm. Über ihm. Wie in einer Lawine gefangen fühlte er sich. Aber der Schnee bewegte sich nicht. Raste nicht zu Tal und riss ihn mit. Weg von dem Mann und der Mündung seiner Waffe. Schreibers Lawine stand still. Gefrorene Zeit.

»Gewinnen ist einfach«, hörte er sich sagen. »Sieger der Geschichte. Alle wollen zu den Siegern gehören. Verlieren ist schwer. Verlieren macht einsam. Warum ist es so schwer, mit Anstand zu verlieren, Hasenkamp?«

Das Lied. Wie lange hatte er das nicht mehr gesungen? Mit den Genossen, in Fritz Aufermanns Kneipe. Irgendwann Ende der Siebziger. Geyers schwarzer Haufen. *Spieß voran, drauf und dran. Setzt aufs Klosterdach den roten Hahn.* Schreiber summte die Melodie. Zittrig zuerst. Dann fester. *Als Adam grub und Eva spann, wo war da der Edelmann?* Den Schluss sang er. Blickte in die Mündung des Drillings und sang. *Geschlagen ziehen wir nach Haus. Heia hoho! Unsre Enkel fechten's besser aus.*

Der alte Mann ließ den Schaft sinken. Er sah Schreiber lange an. Dann steckte er die Mündung des Drillings zwischen seine Zähne und drückte ab.

Als Vitzewitz auftauchte, saß Schreiber immer noch im Schnee und weinte.

32

Am Abend stand er vor ihrer Tür. Immer noch in seinen Jagdklamotten. Ohne den Hund und die Waffe. Die Kripo hatte sie beschlagnahmt. Wegen eines ballistischen Gutachtens.

Schreiber schellte. Vera zog die Tür auf und fiel ihm um den Hals. Hielt ihn so lange fest, bis sein krummer Rücken schmerzte. Dann nahm sie seine Hand und führte ihn ins Wohnzimmer. Sie hatte einen Kuchen gebacken. Irgendwas mit Obst. Der stand auf dem Tisch neben der Teekanne. Schreiber ließ sich ein Stück auf den Teller hieven, bekam aber keinen Bissen hinunter. Er schlürfte Tee und rauchte.

Sie hatten nach der Jagd kurz telefoniert. Zwischen zwei Polizeiverhören. Schreiber war hektisch geworden, weil dieser Hauptkommissar ihm am liebsten einen Mord angehängt hätte. »Und dann haben Sie Hasenkamp aus Rache für Ihren Hund erschossen.«

So ein Vollidiot! Dass sich der alte Mann mit Schrot entleibt hatte, war offensichtlich. Der Reporter hatte nur seinen Repetierer benutzt. Schrot war damit nicht zu schießen. Zwei Kugeln für den Keiler. Das war's.

Vera goss ihm Tee nach. »Willst du wirklich nichts essen? Ich hab auch Schrippen.«

Schreiber stierte auf den Kuchen und schüttelte kaum merklich den Kopf. Stockend begann er zu erzählen. Schilderte zum wer weiß wievielten Mal an diesem Tag seine Begegnung mit dem Tod. Bei Goethe angekommen, schluckte er lange, um den Ochsenfrosch runterzuwürgen, der auf seinem Kehlkopf saß. »Zehn Jahre sind wir gemeinsam durch die Welt gezogen. Ich hätte sie nicht losschicken dürfen, Vera. Aber ich hatte solche Angst. Angst um mein beschissenes bisschen Leben.«

Voller Inbrunst hatte sich Schreiber immer in Dylans suizidalen Songs gesuhlt. *I'm just going down the road feelin' bad, trying to get to heaven before they close the door.* Alles Show. Als es wirklich ans Sterben ging, hatte der ach so hartgesottene Reporter seinen Hund vorgeschickt. Wie lange würde er brauchen, um damit klarzukommen?

Schreiber nahm einen Schluck Tee und riss sich zusammen. Er kramte den Notizblock aus der Tasche, schlug ihn auf. Der Kuli in seiner Hand zitterte. »Erzähl mir von Hasenkamp, Vera. Alles, was du weißt.«

Sie sah auf das Werkzeug des Reporters und schnaufte. »Das kann nicht dein Ernst sein, Hannes. Hast du mal in den Spiegel geguckt? In dem Zustand willst du arbeiten?«

Schreiber verdrehte die Augen. »Es geht nicht ums Wollen. Ich muss. Ich muss heute noch nach Hamburg. Morgen Abend um acht ist Deadline. Bis dahin muss der Text stehen. Die wollen damit das Heft aufmachen.«

Vera blies die Backen auf und schwieg. Feiner Flaum vibrierte auf ihrer Oberlippe. »Niemand muss müssen.«

»Du hast Recht. Ich muss nicht. Ich will. Ich bin Reporter, Vera. Ich kann doch jetzt nicht bei dir bleiben und mich trösten lassen, während die Geier vom Boulevard meine Geschichte ausschlachten.«

Vera nickte. »Schon gut, Hannes. Auch große Mädchen haben Träume.« Sie trank ihren Tee aus und erzählte, was sie von Hasenkamp wusste. Schreiber schrieb in Stichworten mit.

Landarbeiter aus Busow. Hier geboren. 1929. Nach dem Krieg Jungbauer. Stück Land aus der Bodenreform bekommen. Gründungsmitglied der LPG Neuer Morgen. Vom Traktoristen zum Betriebsleiter hochgearbeitet. Fleißiger Kerl. Nicht besonders beliebt. Forderte von anderen denselben Einsatz wie von sich selbst. Kein SED-Mitglied. Sondern Nationaldemokratische Partei Deutschlands (NDPD). DDR-Blockpartei mit nationalen Untertönen, um ehemalige Nazis und Soldaten zu integrieren. Hasenkamp saß für

NDPD bis zur Wende im Rat der Gemeinde. War verheiratet mit einer Kriegerwitwe. Älter als er. Letztes Jahr gestorben. Keine Kinder. Frau hatte einen Sohn aus erster Ehe. Erwin Kawulke! Aussteiger schon zu DDR-Zeiten. Immer Streit mit Stiefvater. Hasenkamp nach der Wende isoliert. Nix PDS. Als LPG zerbrach, in Rente. Keine Hobbys. Außer Jagd.

»Wie viele Biografien dieser Art gibt es in deinem Kirchspiel, Vera?«

»Die kannst du an zwei Händen abzählen.«

»Und warum rastet ausgerechnet Hasenkamp aus?«

Die Bürgermeisterin von Busow dachte nach. Sie stützte das Kinn auf die Hand. Der gestreckte Zeigefinger stupste die Nase. »Aus Einsamkeit, wenn du mich fragst. Er hat wohl sehr an der Arbeit gehangen. An seiner Frau auch. Und im Grunde sicher auch an seinem Stiefsohn. Den solltest du befragen, Hannes.«

»Hab ich schon. Ich bin direkt von der Kripo zu ihm gefahren. Viel rausgekommen ist dabei nicht. Er ist die Blutspur des Wolfes ausgegangen. Von Vitzewitz zu Hasenkamp. Wenn er mir das vor zwei Wochen gesagt hätte! Jetzt schweigt er wieder.«

Schreiber klappte seinen Block zu, steckte den Kuli in die Jacke. »Vera«, sagte er, »ich muss jetzt gehen. Sei nicht böse. Wenn du willst, komme ich wieder. Willst du?«

Sie nickte.

33

Ende Februar war Scharwenkas Wolf noch da. Er stand in der hintersten Ecke des verdreckten Zwingers und knurrte. Schreiber entriegelte die Tür. Nacheinander gingen sie hinein. Vitzewitz und er. Er hatte den Baron nicht überreden müssen. Von wegen tätiger Reue und so.

»Ich bin dabei«, hatte der Freiherr gesagt und von einem Tierarzt die Betäubungsspritze besorgt. Die Pikse saß jetzt im Ende eines Metallrohrs, lang genug, um den Wolf gefahrlos spritzen zu können. Schreiber hielt das Rohr in den Händen, Vitzewitz einen gleich langen Holzstecken.

Der Wolf kauerte in der Ecke. Er zeigte seine Fangzähne, rümpfte die Nase. Knurrte jämmerlich. Eine Pfütze breitete sich unter seinem Bauch aus. Er urinierte vor Angst. Der Baron reizte den Rüden. Er fuchtelte mit dem Stock vor seiner Nase herum. Als der Wolf in das Holz biss, stach Schreiber ihm die Spritze in die Keule. Drückte mit einem Stab durch das Rohr. Die *Hellabrunner Mischung*, ein Cocktail aus zwei Betäubungsmitteln, drang in den Körper der Wolfes. Nach fünf Minuten war er hinüber.

Wie einen nassen Sack trugen sie das Tier in Vitzewitz' Kombi. Eine Stunde Zeit blieb ihnen. Dann ließ die Wirkung der Spritze nach. Der Baron bretterte über polnische Landstraßen wie der Henker von Herne. Einen Kilometer vor der Grenze drosselte er das Tempo. Fuhr gesittet bei den polnischen Zöllnern vor. Die deutschen fragten nach Alkohol und Zigaretten. Der Schäferhund, der im Kofferraum schlief, interessierte sie nur am Rande. Schreiber zeigte dem Grenzer Goethes Papiere. Alle Impfungen komplett. Der Mann winkte sie weiter.

Der Wolf fing schon an zu zucken, als sie den Rand des Truppenübungsplatzes erreichten. Schreiber dirigierte Vitzewitz dahin, wo die Polizei Meiers Leiche gefunden hatte. Sie öffneten die Heckklappe. Anfassen ließ sich der Wolf nicht mehr. Sie mussten warten, bis er von selbst auf die Beine kam.

Schreiber bot Vitzewitz eine Zigarette an. »Mal was von Ihrer Frau gehört?«

Der Baron paffte, um Zeit zu gewinnen. Verschluckte sich am Rauch. Hustete. »Wir sind in Kontakt«, sagte er, »der Kinder wegen.«

»Wie viele haben Sie davon?«

»Vier.«

»Nicht schlecht, Frau Specht.«

Vitzewitz lächelte. »Die langen Winterabende im Bruch.«

Schönes Bild. Zu schön, um wahr zu sein, fand Schreiber »Keine dynastischen Motive? Das Land soll doch in der Familie bleiben.«

Der Baron warf die Kippe in den Schnee. »Der Mensch denkt. Gott lenkt.«

Im Heck des Volvo versuchte der Wolf, hochzukommen. Er schaffte es nicht. Knickte vorn ein und plumpste auf die Schnauze. Das Tier schnaufte schwer und blieb liegen.

»Und was ist mit Vera?« Schreiber wollte es einfach wissen. Für weitere Balzkämpfe fühlte er sich zu alt.

»Ich mag Vera.« Vitzewitz betrachtete den Wolf. Er sah Schreiber nicht an. »Genau wie Sie.«

»Und was machen wir nun?«

Der Baron lachte in Schreibers besorgtes Gesicht. »Meinen Sie nicht, dass Vera das entscheiden sollte? Oder wollen Sie sich mit mir duellieren? Wir leben doch nicht mehr im Kaiserreich, Herr Schreiber. Außerdem sind Sie gar nicht satisfaktionsfähig für einen Vitzewitz.«

Er knuffte dem Reporter in die Seite und wies mit der Nase auf den Wolf. Der Rüde kam erneut hoch. Schritt schwankend zur Stoßstange. Fiel mehr in den Schnee, als dass er sprang. Bepudert wie ein Berliner Ballen stand er auf. Schüttelte sich schwerfällig. Dann trottete er weg. Ziellos. Bei den Birken blieb er stehen. Er drehte den Kopf, sah die beiden Männer an. Gelbe Augen. Man hätte sich einreden können, dass sie dankbar blickten. Aber das war natürlich Quatsch.

34

Der Wolf war nicht weit gelaufen. Er hatte sich in die nächstbeste Dickung verzogen und seinen Rausch ausgeschlafen. Tastend erkundete er in den nächsten Tagen das Umfeld. Schnürte durch die Kiefernwälder des Truppenübungsplatzes. Mied die Freiflächen, auf denen der Schnee in der Sonne leuchtete.

Menschen wohnten hier nicht. Es gab niemanden, der ihm etwas zu fressen hinstellte. Der Wolf hatte Hunger. Selbst das Knattern und Krachen, das eines Morgens einsetzte, die Angst, die ihn zurück in die Kiefernschonung rennen ließ, vertrieb die bohrende Leere in seinem Magen nicht.

Er sah den Hirschen zu, die trotz des Lärms auf der Pläne standen, den Schnee mit den Vorderläufen wegschlugen und am Gras knabberten. Lange wartete der Wolf am Rand der Fläche. Regungslos. Sein Blick glitt von einem Tier zum anderen. Es gab ein paar Kälber in dem Rudel, aber keines löste sich aus der Gruppe. Dicht an dicht äste das Rotwild. Das Leittier warf immer wieder sichernd den Kopf auf. Beim geringsten Anzeichen von Gefahr würde es abspringen, das ganze Rudel mit sich ziehend. Ein paarmal hatte der Wolf es trotzdem versucht, war mit hängender Zunge den Hirschen hinterhergerannt. Nie hatte er eins der Tiere erwischt. Missmutig trabte der Wolf weiter. Zwischen Brombeerburgen und Holunderbüschen bahnte er seinen Weg durch den Schnee.

Der Geruch traf ihn wie ein Schlag in die Magengrube. Er erstarrte. Der Wolf drehte den Kopf nach rechts, dahin, woher der Wind wehte. Der Wind, der die Duftspur trug. Fleisch! Vorsichtig lungerte er eine Weile in der Nähe des Kadavers herum. Lauschte, schnüffelte. Irgendwann besiegte der Hunger die Angst. Zog ihn aus der Deckung. Dem Geruch nach. Nach dreißig schnellen Schritten stand er vor dem toten Reh. Gierig schlug er seine Zähne in das kalte, steife Fleisch. In die Keule, die schon zerrissen war. Sie stank wie die Kiste, in der er neulich wach geworden war. Dem Wolf war es egal. Mühsam riss er die Fleischbrocken heraus. Schlang sie hinunter. Fraß, fraß, fraß.

Die Wölfin, die sich gegen den Wind anpirschte, hatte er längst erwartet. Er hatte ihre Urinmarken im Schnee berochen. Der Wolf wusste, dass er in diesem Wald nicht allein war. Er fuhr herum und knurrte die Wölfin an. Er würde das Reh fressen. Er allein.

Sie ließ sich nicht einschüchtern. Mit gespanntem Rücken und steilem Schwanz stolzierte die Wölfin an ihm vorbei, wendete. Ein neuer Geruch streifte die Nase des Wolfes. Ein Duft, den er noch nicht kannte. Streng roch die Wölfin. Elektrisierend streng.

Der Rüde ließ von dem Reh ab. Ging ein paar Schritte auf die Artgenossin zu. Steifbeinig auch er. Mit gesträubtem Nackenfell. Dann standen sie nebeneinander. Vorsichtig näherte sich seine Nase, beschnüffelte die Gegend zwischen ihren Hinterläufen. Sein Schwanz quirlte die Winterluft. Der Wolf trat zur Seite, hob zum ersten Mal im Leben das Bein und spritzte seinen Harn an den nächstbesten Busch. Dies war seine Wölfin, hieß das. Gemeinsam fraßen sie von dem toten Reh.

Von da an folgte er ihr auf Schritt und Tritt, stieß beim Laufen mit der Nasenspitze fast an ihren Schwanz. Die Wölfin war unruhig. Rastlos rannte sie auch tagsüber durch die Gegend, ließ alle paar Minuten ein paar Tropfen Urin und scharrte danach mit den Pfoten. Der Wolf beroch die Duftmarken. Einmal versuchte er aufzureiten, aber die Wölfin schnappte nach ihm.

Zwei ruhelose Tage später war sie so weit. Sie verstellte ihm den Weg, winselte und hielt den Schwanz quer. Rosarot leuchtete ihre Scheide. Der Wolf sprang auf, klammerte seine Vorderläufe um ihre Hüften und stieß so lange mit dem Becken zu, bis sein Samen floss. Dann glitt er von ihrem Rücken. Eine halbe Stunde hingen die Wölfe noch aneinander fest. Standen Schwanz an Schwanz. Stierten jeder in seine Richtung. Als das Glied des Rüden abgeschwollen war, kamen sie wieder frei.

*

Der lange Winter brachte vielen Tieren den Tod. Überall fanden die beiden Wölfe Kadaver, an denen sie sich satt fressen konnten. Im April, als auch in den Dickungen der letzte Schnee geschmolzen und der Frost aus der Erde gewichen war, grub die Wölfin eine richtige Wurfhöhle unter der umgestürzten alten Kiefer. Sie zupfte die Haare an ihrem Bauch aus. Die Zitzen lagen frei. Bereit für die drei Welpen, die sie zwei Tage später in der Höhle gebar. Deutsche Wölfe mit polnischen Eltern. Den Welpen war das egal. Sie wollten einfach Wölfe sein.

With a little help from my friends

Beim Schreiben stößt man schnell an seine Grenzen. Wo der Autor gesichertes Wissen wähnte, klaffen plötzlich Lücken. Wer Glück hat, kennt Leute, die klug und freundlich genug sind, um diese Löcher mit ihren Fachkenntnissen zu stopfen. Ich hatte dieses Glück.

Mein Dank gilt:

Christoph Promberger vom Carpathian Large Carnivore Project in Rumänien, ohne den meine Wölfe allerlei unwölfisches Betragen an den Tag gelegt hätten,

Barbara Promberger-Fürpass, die mir Piefke tiefe Einblicke in Sprache und Verhalten des gemeinen Österreichers gewährte,

Dieter Hupe, der einem ungedienten Zivilisten geduldig das Treiben auf einem Truppenübungsplatz erklärte,

Till Kruse, der mit seinen zwölf Jahren schon richtig Ahnung vom Tuten und Blasen des Jagdhorns hat, und

Petra Gippert-Törker, ohne die dieses Buch undenkbar wäre.

Krimis von Werner Schmitz

Schreiber und der Wolf

ISBN 3-89425-287-1

Im Oderbruch wird ein Wolf von einem adeligen Jäger zur Strecke gebracht. Vor Ort erfährt Hannes Schreiber, Reporter des Hamburger *Magazins*, dass Baron von Vitzewitz dem Tier nur den Gnadenschuss gegeben hat. Wer schoss als Erster auf den streng geschützten Wolf? Der ostelbische Junker führt Schreiber in die Busower Jagdgesellschaft ein. Am Ende eines nebligen Wintermorgens sind sechsundvierzig Wildgänse und ein Jäger tot ...

Auf Teufel komm raus

ISBN 3-89425-421-1

Schwarze Messen an der Ruhr. Ein Satanist kommt in den Himmel. Hannes Schreiber wittert den Braten und kommt in Teufels Küche.

»... einer der besten Krimis, die in den letzten Jahren in deutscher Sprache geschrieben wurden.« (FAZ-Magazin)

Dienst nach Vorschuß

ISBN 3-89425-353-3

Die Leiche im Rathaus-Paternoster sorgt für Schlagzeilen. Die *ZEITUNG* bläst zur Jagd auf die »Bestie von Bochum«. Wer hat den mausgrauen Amtmann in die ewigen Jagdgründe geschickt?

»Das Ganze ist ungewöhnlich gut geschrieben, flott und ohne stilistische Prätentionen, mit sicherem Sinn für Alltags-Ruhrdeutsch, für Kalauer und knappe Pointen.« (WDR)

Nahtlos braun

ISBN 3-89425-323-1

Ein Unfall ohne Zeugen, ein Mord, den keiner merkt. Ein Opfer mit Geschichte. Ein Täter, der sich totärgert.

»An diesem Buch stimmt alles, Milieu und Handlung.« (Südschwäbische Nachrichten)

grafit